Para siempre

Myrna Mackenzie

NOVELAS CON CORAZÓN

Editado por HARLEQUIN IBÉRICA, S.A.
Hermosilla, 21
28001 Madrid

PARA SIEMPRE, Nº 1220 - 11.4.01
Título original: Contractually His
Publicada originalmente por Silhouette Books.

I.S.B.N.: 84-396-8754-0
Depósito legal: B-8653-2001
Editor responsable: M. T. Villar
Diseño cubierta: María J. Velasco Juez
Fotomecánica: PREIMPRESIÓN 2000
C/. Matilde Hernández, 34. 28019 Madrid
Impresión y encuadernación: LITOGRAFÍA ROSÉS, S.A.
C/. Energía, 11. 08850 Gavá (Barcelona)
Fecha impresión Argentina:14.8.01
Distribuidor exclusivo para España: M.I.D.E.S.A.
Distribuidor para México: INTERMEX, S.A.
Distribuidores para Argentina: interior, BERTRAN, S.A.C. Vélez Sársfield, 1950. Cap. Fed./ Buenos Aires y Gran Buenos Aires, VACCARO SÁNCHEZ y Cía, S.A.
Distribuidor para Chile: DISTRIBUIDORA ALFA, S.A.

Capítulo 1

VAYA! ¡Mira a todas esas mujeres de ahí! Todas esas piernas, labios, piel... tan mujeres... El joven hizo un gesto a su amigo mientras pasaban al lado del Jaguar negro de Logan Brewster. Iban de camino al escenario que se había levantado sobre la hierba, frente al ayuntamiento de Eldora, Illinois. A pesar de sus problemas, Logan tuvo que sonreír ante los comentarios y la expresión de éxtasis del muchacho.

–Además, tiene mucha razón –murmuró Logan, saliendo del coche. La tercera Subasta de Personal para Trabajos de Verano, que estaba a punto de comenzar, parecía ofertar solo... mujeres–. Parece que, a pesar de todo, este va a ser tu día de suerte, Brewster –añadió, hablando consigo mismo.

Sin embargo, hasta aquel momento, la suerte parecía haberle sido esquiva. Aquella mañana debería haberse despertado con Allison, su socia y amante ocasional, en la cama. En vez de Allison, se había encontrado una breve nota y todo había cambiado. Estaba sin ayudante y a la búsqueda de una mujer. Por eso estaba allí.

Logan frunció el ceño. La partida de Allison había sido completamente inesperada. Últimamente, había estado lanzándole indirectas sobre la posibilidad de que estuviera interesada en un matrimonio puramente de conveniencia y él había considerado muy seriamente aquella sugerencia. Un hombre que era incapaz de amar no tenía ningún derecho a comprometerse a una unión en la que pudiera herir el corazón o el orgullo de una mujer. Sin embargo, dado que Allison no había buscado amor y que él la había considerado como socia y amante, un matrimonio de conveniencia había parecido de lo más adecuado.

Por eso, despertarse y encontrar una nota que indicaba que ella había abandonado la ciudad y a él por un competidor le había pillado completamente desprevenido.

–Pero ya no importa nada de eso, Brewster –murmuró, aliviado de no haber llegado a dar aquel irrevocable paso al matrimonio–. Lo que necesitas es una ayudante.

Allison se había ofrecido a ayudarle mientras su verdadera ayudante estaba de vacaciones. Lo que es más, sabía perfectamente que la inauguración del hotel, que era el décimo que Logan había rehabilitado, era mucho más especial que las anteriores y que aquella empresa se había visto retrasada por una crisis médica. Y, aun así, le había dejado en la cuneta, por lo que no le quedaba más remedio que agarrar el toro por los cuernos.

Y así lo haría. Y rápido. Por el momento, se las podía arreglar sin una esposa, o una mujer en la cama, pero necesitaba una ayudante para aquel trabajo inmediatamente. Encontrar a alguien para un papel tan complicado sería difícil, pero no imposible. Nada era imposible en los negocios.

Nunca nada le había resultado imposible desde el

día que salió de la calle, de los callejones donde había crecido y había decidido concentrar sus esfuerzos en el éxito. Y lo había conseguido.

Al llegar al lugar de la subasta, Logan pensó que, tal vez, aquello había sido lo mejor que le había podido ocurrir. A Allison nunca le había gustado el ambiente de aquella ciudad. Logan necesitaba a alguien que pudiera entender los beneficios tanto de aquella ciudad como del hotel si quería que su gran inauguración fuera un éxito. A aquellas alturas, no había tiempo para que otro de sus empleados se empapara de todo lo que había que saber sobre Eldora. Una dama residente en la población conocería mucho más íntimamente aquella ciudad.

–Venga –decía uno de los jóvenes que había sentados delante de él–. ¿Quieres dejar de hablar sobre esas damas como si fueran posibles citas? Casi todas son profesoras del Colegio Alliota. Algunas de ellas fueron profesoras mías. Podrían ser mi hermana mayor...

–De acuerdo, tú ganas. Son mujeres muy agradables pero también... son atractivas, ¿no?

Logan no puedo evitar reírse en voz baja. El joven se volvió a él y le hizo un gesto de victoria, con los pulgares hacia arriba.

–¿A que son guapas? –le preguntó el joven a Logan.

–Maravillosas –respondió él.

Y lo decía en serio. Aquellas mujeres iban a donar su tiempo para ayudar a otros. Pensar en aquella generosidad, hizo que Logan sonriera y se sintiera más alegre. Además, él tenía un trabajo que hacer.

Tras sentarse en una de las sillas delante del escenario, se dio cuenta de que lo único que tenía que hacer era elegir. La subasta estaba a punto de comenzar. Entonces, él se inclinó y recogió un folleto que alguien había dejado caer y que contenía un listado de todos los participantes. Había muchas mujeres disponibles y todo lo que él necesitaba era una. La más adecuada.

Logan se reclinó en la silla. No había prisa. Sin embargo, cuando vio que la primera mujer se subía al escenario, sintió inmediatamente que algo extraordinario le estaba ocurriendo.

Los asistentes se quedaron en silencio. Logan estaba completamente seguro de que tenía más que ver con el atractivo de la mujer que acababa de subir al escenario que con la subasta en sí misma. Tenía el cabello muy largo, de color castaño, que volaba tras de ella mientras subía al escenario. Sin embargo, fue algo más que eso lo que hizo que Logan respirara profundamente, algo que le turbó los sentidos, un aire, un aura... La mujer se movía con la cabeza alta, con seguridad.

–Mírala –oyó que alguien decía–. Es una mujer de bandera.

Logan estaba completamente de acuerdo con aquella definición. Cuando llegó a lo alto de las escaleras, la mujer cruzó su mirada con la de él. Tenía las cejas delicadamente arqueadas, enmarcando unos enormes ojos de color violeta. Logan sintió que una corriente eléctrica le atravesaba el cuerpo.

Durante un segundo, ella parpadeó y le titubearon los pasos. Sin embargo, enseguida inclinó la cabeza y sonrió.

Era alta y esbelta. Iba muy sencilla, sin joyas y

con muy poco maquillaje pero, sin embargo, resultaba increíblemente encantadora. Era la inocencia y la elegancia incluídos en un mismo paquete. La nariz, muy recta, contrastaba con unos gruesos labios. El vestido rojo que llevaba puesto era muy sencillo, sin resaltar en absoluto sus curvas, lo que le hacía mucho más misteriosa en opinión de Logan. Enseguida se dio cuenta de que no había sido el único que lo había notado. La mitad de los hombres que había entre el público tenía la misma cara de asombro.

Sin embargo, la mujer no pareció darse cuenta y sonrió un poco más. A Logan le pareció que era una inocente cordera entre los lobos.

–Buenos días. Muchas gracias por venir en este hermoso día de junio –dijo la mujer, con voz clara. No parecía en absoluto asustada por los lobos.

–Gracias a ti también por salir ahí, cielo –susurró Logan, sintiéndose él también como un lobo hambriento.

–Es un honor y un privilegio para mí poder empezar esta subasta y darles a todos ustedes la bienvenida –decía la mujer–. Me llamo Rebecca Linden y soy una de las organizadoras de este evento junto con Emily Alton y Caroline O´Donald, a las que conocerán más tarde. Para aquellos de ustedes a los que yo les resulte familiar, les diré que, efectivamente, soy la secretaria del Colegio Alliota, pero mi trabajo hoy aquí es muy diferente. Tras haber ganado cuando se tiró una moneda, yo soy la persona que se encargará de la parte más divertida de la subasta. Seré yo quien anuncie el ganador de la rifa de la moto.

Había pronunciado la palabra *moto* con una voz tan sensual y sugerente que Logan estuvo a punto de levantarse para pedir que volviera a repetirlo, pero se contuvo. No era eso para lo que había acudido a aquel lugar.

–Hoy estás perdiendo la cabeza, Brewster –musitó, reclinándose de nuevo en la silla para seguir contemplando la subasta.

–Por supuesto, necesitaremos alguien para que saque el número ganador –sugirió la mujer, sonriendo–. Necesitaré un voluntario, alguien que no participe en la rifa.

Logan vio que el joven que tanto interés había demostrado antes, chascaba los dedos lleno de frustración.

–Venga, venga, se hacen más de rogar que los niños con los que trabajo. De verdad que no muerdo –prometió la mujer, estudiando a los asistentes.

De repente, su atención se centró en Logan. Una vez más, aquel aspecto azorado volvió a reflejársele en los ojos durante un momento. Entonces, siguió escrutando a la gente, pero Logan, sin pensárselo dos veces, se puso de pie.

–Creo que yo cumplo todos los requerimientos –dijo él, sonriendo, mientras se dirigía al escenario.

Le habían dicho que intimidaba un poco cuando andaba a la caza de algo. Seguramente aquello era verdad porque, durante un momento, la sonrisa de la mujer estuvo a punto de desaparecer. Logan se detuvo al borde del escenario, esperando que ella le dijera que podía entrar, deseando que dijera «sí» para volver a oír su voz. Había leído el folleto y sabía que Rebecca Linden estaba cualificada para sustituir a Allison pero, a pesar de todo, se limitó a esperar.

–¿Está seguro de que no quiere participar en el sorteo de la moto? –preguntó ella por fin, gratificándole con el sonido de aquella palabra.

–No necesita una moto. Tiene un Jaguar –dijo uno de los jóvenes.

–En ese caso, ¿le importaría acercarse, señor? –preguntó ella, con una sonrisa.

Logan subió las escaleras, sin apartar los ojos de la mujer. Ella contemplaba, algo nerviosa, cómo él se acercaba, o por lo menos eso le pareció a él. Al llegar a su lado, Logan agarró la mano que ella le extendía y notó que tenía los dedos fríos. Cuando él los sujetó entre los suyos, notó que temblaban. Él esperó que ella no hubiera notado la corriente eléctrica que le había atravesado el cuerpo.

Ella pareció calmarse inmediatamente y con un gesto, señaló el ejemplar negro y cromado que había sobre el escenario.

–Bueno, pues esta es la moto. Según me han dicho, es bastante impresionante.

–Efectivamente –dijo él–. ¿Es esto lo que sortean todos los años como premio?

Ella se rio de un modo, bajo y profundo, que hizo que él quisiera acercarse más a ella, pero se resistió.

–Sorteamos lo que nos donen. Los artículos más pequeños se rifaron anoche, en una gala. En cuanto al gran premio, bueno, un año fue un coche de segunda mano, hace dos años fue un autobús escolar y el año pasado un antiguo coche patrulla. El ganador me dio una vuelta en el asiento de atrás.

–Supongo que no será su habitual medio de

transporte, ¿verdad? –dijo Logan, considerando que los años que se había pasado huyendo de la policía estaban lo suficientemente lejos como para disfrutar de la fascinación que ella parecía sentir por el tema.

–Yo tengo un sencillo turismo. Y tiene razón. La culpa se me refleja en la cara sin que yo pueda evitarlo, así que no hubiera elegido bien si hubiera decidido llevar una vida al borde de la ley. Esa fue la primera y la última vez que me monté en un coche de policía.

Aquella afirmación no sorprendió a Logan. Además, no era lo que él había querido decir. Una mujer como aquella tendría que viajar en algo más lujoso, cubierta de seda y diamantes. Si la suerte le acompañaba, tenía la intención de procurarle aquel tipo de coche, de joyas y de ropa durante las próximas semanas.

Ella se volvió para explicar las reglas de la rifa a los asistentes. Cuando hubo terminado, extendió una cesta en dirección a Logan.

–De acuerdo. Haga que los sueños de alguien se conviertan en realidad –murmuró.

Durante un segundo, los ojos de Logan se cruzaron con los de ella y pareció que el escenario se hundía bajo sus pies. A Logan le pareció que ella no respiraba y tampoco estaba muy seguro de que él mismo lo estuviera haciendo. Sin embargo, logró controlarse. Cuando ella se acercó con la cesta, logró sonreír e hizo lo que había subido a hacer, dándole una alegría a un joven que había sentado entre el público.

–Gracias –dijo ella–. Gracias por ayudarnos –añadió mientras él volvía a su asiento. Cuando Logan volvió a levantar la vista, ella se dirigía de nuevo a todo el público–. Una vez más, agradecemos el patrocinio de la Subasta de Personal para Trabajos de Verano. Queremos recordarles que todo el dinero obtenido será para ayudar a niños desfavorecidos y a sus familias. Si tienen alguna pregunta, estaré presente mientras dure el acto. Por favor, no duden en preguntarme lo que necesiten. Ahora, espero que todos juntos demos la bienvenida a nuestro magnífico subastador, el señor Donald Painter.

Mientras los asistentes rompían a aplaudir, ella besó al hombre en la mejilla, tras apartarse del micrófono.

–Muchas gracias, Donnie –prosiguió ella, con aquella voz tan melodiosa–. Te agradecemos mucho que te hayas vuelto a ofrecer voluntario para realizar esta subasta. Resérvame un buen trabajo.

Aquel tono cálido y afectuoso con el que recibió al hombre, hizo que Logan se decidiera inmediatamente, del modo en el que él solía hacer las cosas. Cuando vio cómo ella se volvía para descender del escenario, con los ojos llenos de entusiasmo, Logan sintió que el deseo se apoderaba de él. El lobo estaba ganándole terreno, pero él lo controló de nuevo.

–Te estás pasando, Brewster –musitó.

A pesar de aquel aspecto tan atractivo, sabía que aquella mujer era una mujer tradicional e inocente, abocada al matrimonio. Era más bien Caperucita Roja, que iba a visitar a su abuelita y a llevar un mensaje de buena voluntad por el mundo. No era en absoluto el tipo de mujer con el que él solía implicarse. Aquella reacción tan inesperada se debía exclusivamente a su propia situación, a haberse quedado sin pareja, lo que no había sido frecuente en los últimos años. Lo único que buscaba en aquella mujer eran sus servicios como ayudante.

Así que esperó hasta que logró controlar el deseo, leyendo la información sobre la subasta. Entonces, se dirigió hacia el lugar por el que ella había desaparecido, una especie de oficina improvisada. La dama en cuestión estaba inclinada sobre una fotocopiadora que emitía un inquietante zumbido.

Aquella postura le ofrecía una deliciosa visión de aquel trasero tan redondeado y mucha más pierna de lo que a ella le hubiera gustado. En ese momento, la mujer levantó una mano y le dio un buen golpe a la máquina, que inmediatamente dejó de zumbar.

–¡Gracias! –murmuró ella.

–¿Señorita Linden? –dijo él, acercándose un poco más.

–¡Oh, no! –exclamó ella, dándose la vuelta rápidamente y apartándose el pelo de la cara–. No habrá visto eso, ¿verdad?

–¿Ver qué? –preguntó él, inocente.

–Bueno –dijo ella, encogiéndose de hombros–, necesitamos una nueva fotocopiadora en el colegio, pero no vamos a conseguir una, así que nos tendremos que conformar con esta, lo que algunas veces significa que hay que utilizar la imaginación. Sin embargo, no me gustaría que se supiera que maltrato la propiedad del colegio... Perdóneme, lo siento. Supongo que no quiere oír mis problemas con la fotocopiadora. Supongo que tenía algo que preguntarme. ¿Puedo ayudarle?

A pesar de que aquella mujer irradiaba virtud, su voz evocaba la intimidad de una alcoba. Largas noches, caricias... No le extrañaba que muchos alumnos de instituto hubieran vuelto allí para recordar cómo aquella mujer pronunciaba las vocales.

–¿Puedo ayudarlo? –repitió ella, al ver que él no respondía.

–Creo que tal vez podría echarme una mano, señorita Linden.

Ella sonrió. Logan se dio cuenta de lo profundos y extraños que eran aquellos ojos. Hipnóticos.

–¿Tiene alguna pregunta sobre nuestro personal para trabajos de verano o sobre cómo funcionamos? ¿Sobre alguno de los participantes?

–Tengo una pregunta, sí. Sobre usted.

–¿Y su pregunta es...? –quiso saber ella.

Logan se dio cuenta de que estaba estudiándola con más intensidad de lo que pedía la cortesía. Sin embargo, ella mantuvo la compostura. Aquello le gustó. Indicaba que podía controlar el estrés. Logan no pensaba someterla a un continuo estado de nervios, pero necesitaba saber si podía aguantar la presión. Como ya lo había comprobado, dio un paso atrás.

–Permítame que me presente. Me llamo Logan Brewster. Estoy remodelando el Hotel Eldora Oaks.

–Oh, sí, señor Brewster. He oído hablar de usted –dijo ella, sonriendo de un modo más natural.

–Entonces, ¿significa eso que conoce a lo que me dedico?

–¿Y quién no? Usted se hace cargo de hoteles que han cerrado o están a punto de hacerlo, los convierte en establecimientos de lujo y luego los vende. Dicen que cada uno de ellos es un prodigio del diseño.

–Sí –respondió él. Y el Oaks es un hotel memorable, por eso quiero que la inauguración sea especial. Espero un gran número de invitados.

–Estoy segura de que será una hermosa celebración. Aunque estuviera en ruinas, es un edificio muy interesante. Algún día, me encantaría ver lo que ha hecho.

–¿Qué le parece hoy mismo? –preguntó él. Ella abrió los ojos, muy sorprendida–. En un sentido puramente profesional, señorita Linden, se lo aseguro.

–¿En un sentido profesional? ¿Es que está buscando a alguien para que trabaje en su hotel?

–En cierto modo, sí.

–Oh, bueno, entonces, probablemente a la que está buscando es a Gloria Angelis. Solía trabajar en la recepción de la Posada Nightrider durante los veranos cuando todavía estaba abierto. ¿Quiere ver su currículum en el que explica su titulación y experiencia?

–Ya lo he leído.

Logan sabía que aquellas subastas habían sido organizadas por Rebecca y sus compañeras profesoras, Caroline O´Donald y Emily Alton, cuando uno de los alumnos necesitó atención médica que los padres no podían pagar. Las tres mujeres habían animado a otras profesoras y, durante los tres años que habían funcionado, habían ayudado a muchos niños necesitados. Y también sabía que no era Gloria Angelis la que le interesaba. Era Rebecca Linden.

Ella siguió sonriendo a pesar de que aquel desconocido, Logan Brewster, le estaba poniendo nerviosa. Lo había visto, cómo no, cuando había subido al escenario. Vestido todo de negro, resultaba muy atractivo. Alto, de anchos hombros, estrechas caderas, pelo oscuro con suaves reflejos dorados y ojos más claros que la miel, era capaz de hacer que la mayoría de las mujeres enloquecieran de deseo. Sin embargo, ella no quería ser como la mayoría de las mujeres ni lo había querido ser durante mucho tiempo. Prefería esconderse de las tentaciones. Desgraciadamente, estar al lado de Logan Brewster, era una tentación que resultaba difícil de ignorar.

Además, el hombre había sido el centro de todas las conversaciones desde que había llegado a la ciudad. Tenía la reputación de saber muy bien cómo satisfacer a una mujer. Probablemente seducía a una mujer aun cuando no quería hacerlo.

Sin embargo, ella sabía muy bien lo que tenía que hacer para calmarse. Solo tenía que pensar en algo frío, como en el hielo, en los osos polares si era necesario, para controlar sus reacciones lo mejor que pudiera.

–Si necesita ayuda en su hotel, Gloria es la mejor –dijo ella, en el tono de voz que reservaba para los más pequeños.

–¿Ha dado lecciones de piano? –preguntó él, de repente.

–Unas cuantas –respondió ella, sin saber el por qué de aquella pregunta. Además, no podía negarse a hacerlo porque, potencialmente, era un cliente muy rico.

–¿Ha estudiado ballet?

–Sí, pero no se me da muy bien.

–Pero está acostumbrada a la disciplina sistemática y al trabajo que requiere práctica y dedicación. Además, se pasa los días saludando a las personas.

–En su mayoría, son personitas.

Logan sonrió, provocando que el corazón de Rebecca diera un vuelco.

–Según he oído, las personitas son las más difíciles de tratar –dijo él.

Aquella voz tan profunda resonó por su cabeza como si hubiera sugerido algo indecente, que no había sido el caso. Tal vez a ella le había parecido así porque deseaba que dijera algo indecente, que no era cierto y tampoco era propio de ella.

«Piensa en algo frío, piensa en algo frío», se repetía Rebecca.

–Me gustan las personitas –respondió ella, algo a la defensiva, dado los pensamientos que estaba teniendo.

–Lo siento. No tenemos personitas en el Oaks, pero puedo garantizar que algunos de mis huéspedes se comportarán como niños de vez en cuando.

–¿Qué es lo que quiere, señor Brewster?

–Su ayuda. Inesperadamente, me veo en la necesidad de que me ayude. ¿Cree que podría considerar echarme una mano?

Aquella voz era tan sensual, aquellos ojos tan cálidos que cualquier mujer estaría dispuesta a sacrificar no uno, sino diez veranos por poder echarle a aquel hombre una mano... o más.

–Encontraré la persona más adecuada para usted –dijo ella, sintiendo que las sirenas de alarma se le disparaban en la cabeza, mientras tomaba el folleto–. ¿Qué clase de requerimientos ha de tener la persona que busca? ¿Cuál es el tipo de trabajo que esa persona tendría que realizar?

–No me andaré por las ramas –replicó él, quitándole el folleto de las manos–. Mi ayudante personal no está en la ciudad. La mujer que me estaba ayudando temporalmente no está disponible. Allison iba a realizar un papel crucial en la apertura del hotel, así que... ¿Qué puedo decirle? Sé que es mucho pedir, pero necesito a una mujer que conozca todo sobre esta ciudad y que pueda aprender mi negocio en menos de dos semanas. Alguien que esté acostumbrada a tratar con el público, que pueda ayudarme a agasajar a mis invitados. Los que acuden a este tipo de inauguraciones, se comportan algunas veces como niños y niñas malcriados. Necesito a una mujer que pueda responder a sus preguntas sin cansarse, alguien que comprenda la disciplina del trabajo, que esté abierta a las innovaciones y deseosa de aprender lo que ocurre en el edificio de noche y de día. Alguien que viva en el hotel y aprenda a considerarlo como una casa durante un corto período de tiempo, que es como a mí me gusta que lo consideren mis huéspedes.

Rebeca lo miró a los ojos, con el corazón palpitándole. Aquello no era lo que ella quería. Sensaciones como aquellas no tenían cabida en su mundo. Le gustaba su vida sencilla, dentro de los límites seguros de sus fronteras. No había modo de que ella pudiera trabajar con aquel hombre, ni vivir en el mismo edificio con él.

–¿Quiere transformarme en su ayudante para que colabore en la apertura del hotel? –preguntó ella. Aquellas palabras se escaparon de sus labios casi sin permiso, como si realmente estuviera considerando aquella oferta. Y así era. Aquello podía ayudar a muchos niños.

–Eso es lo que estoy diciendo, sí.

–¿Y usted formará a la persona que contrate? ¿Qué implica esa formación?

–Me temo que no será nada fácil. Debido al corto período de tiempo que tenemos, la formación será intensa. Implicará una inmersión en muchos de los detalles de mi negocio, en cualquier aspecto social que sea necesario y en las diferencias culturales que puedan venir al caso. Tendrá que absorber el conocimiento de las bodegas, de la moda, de la comida y de los gustos personales de mis posibles clientes.

–¿Y todo eso en menos de dos semanas?

–En realidad, en doce días, con dos semanas de celebraciones después. Pero yo te ayudaré, Rebecca. Estoy acostumbrado a las fechas límite. Y esto es factible.

Ella se dio cuenta de que habían pasado de hablar en abstracto a hacerlo como si en realidad fuera ella la persona que iba a hacer el trabajo. Tras conocer todos los detalles, no podía pedirle a ninguna de sus compañeras que acometiera aquella tarea tan desalentadora. Ella era la única persona que tenía experiencia en lo que Logan Brewster estaba pidiendo. Sabía lo difícil y humillante que podía ser el proceso de intentar transformar el estilo de vida de una persona de la noche a la mañana. Varios años atrás, ella había experimentado lo desagradable que puede llegar a ser. Y la experiencia le había cambiado la vida para siempre.

Pero aquello había sido mucho tiempo atrás. Estaba en el instituto cuando sus padres murieron, dejándola a merced de unos parientes ricos a los que nunca había parecido bien. Habían rechazado todos sus intentos por cambiar y le habían negado el afecto que finalmente había tenido que ir a buscar a otro lugar. Entonces, había encontrado a James, quien había querido casarse con ella. Rebecca dio el gran salto. Le había tenido afecto, pero poco después descubrió que le había desilusionado tanto como a sus tíos. James amaba desesperadamente a la mujer que había buscado en Rebecca, pero ella nunca había podido llegar a ser esa mujer, por mucho que se había esforzado. Aquella situación había provocado en él una pena profunda. Por ello, cuando él murió en un accidente de esquí unos años antes, Rebecca se había hecho una promesa. Nunca más intentaría cambiar para halagar a otros. Nunca más haría aquello a nivel personal, pero...

–Usted quiere a alguien a quien pueda moldear.

–No, a alguien que quiera tomar parte activa en esta experiencia –le corrigió él.

–Esto es una subasta, señor Brewster –le recordó Rebecca–. Si alguien puja más dinero por mis servicios que usted, entonces...

–Nadie lo hará –prometió él.

Efectivamente, nadie pudo superar la cifra de veinticinco mil dólares que Logan ofreció por Rebecca Linden.

Capítulo 2

VARIAS horas después, tras hacer su maleta y despedirse de Caroline y Emily, Rebecca iba de camino al Eldora Oaks en un lujoso Jaguar negro. Habían pasado años desde la última vez que ella había montado en un coche similar y siempre había dado por sentado que nunca volvería a hacerlo. Sin embargo, Logan le había informado que había muchos coches en el Oaks que estaban a su disposición. Además, sintiendo profunda congoja, estuvo segura de que se trataría del tipo adecuado de coches.

Todo había empezado otra vez. La renovación frustrada de Rebecca Linden. Otra vez el sentimiento de que quien era y lo que era no resultaba suficiente. Sin embargo, aquella vez no podía escapar. Aquella vez no le quedaba más remedio que quedarse.

Suspiró, sabiendo que no era culpa de Logan. Él necesitaba que alguien le cubriera una vacante y había pagado un buen dinero por ella. Además, era una mujer hecha y derecha y aquello era solo un trabajo, no su vida entera. Las sensaciones que había tenido sobre Logan pasarían una vez que hubieran establecido su relación laboral.

–Siento haberte sacado de tu ambiente de este

modo –dijo él–. Resulta bastante evidente que no era como esperabas pasar las próximas semanas, ¿no es así?

Al mirar aquellos ojos, llenos de preocupación, Rebecca sintió que le daba un vuelco el corazón. Aquel hombre le había leído el pensamiento e iba a ser amable con ella. Aquello iba a ponerle las cosas mucho más difíciles, le iba a hacer más difícil pensar en aquel hombre solo como en un jefe. Logan Brewster y aquellos ojos dorados iban a hacer que pensar en aquellas pocas semanas simplemente como en un trabajo más fuera todo un desafío.

Cuando estuvieron delante del hotel, Rebecca llegó a la conclusión de que el Eldora Oaks había sido tocado por una varita mágica.

–Vaya, señor Brewster –dijo ella, admirando el edificio que ella recordaba con un aspecto patético y que en aquellos momentos presentaba un aspecto muy romántico–. Es usted muy bueno en su trabajo.

–Logan, por favor –respondió él–. ¿Significa eso que das tu aprobación al resultado que ha tenido la renovación?

Ella sonrió mientras salía del coche y admiró el fragante jardín que rodeaba el edificio, repleto de flores multicolores, senderos y bancos que nunca habían estado allí antes.

–¿Cómo no la voy a aprobar, Logan? Hace tiempo que no vengo por aquí, pero te aseguro que el Eldora Oaks nunca ha tenido este aspecto antes. Me alojé aquí en la primera noche que pasé en la ciudad, hace cuatro años.

–¿Estuviste cómoda? –preguntó él, sonriendo.

–Si me hubiera gustado dormir en una cama que se hundía en el centro... Me pasé toda la noche agarrada al borde del colchón para no caerme en aquella hondonada.

–Parece... entretenido.

–Supongo que eso es un modo de considerarlo. Sin embargo, en aquel momento pensé que no me traía buenos presagios sobre el resto de la ciudad, pero me equivoqué.

–¿Te gusta esta ciudad?

–Es mi hogar, el único que he tenido en treinta y dos años. ¿Dónde está tu hogar, Logan?

–Donde esté en el momento. Hoy es Eldora, mañana será otro sitio –respondió él, apoyándose contra el coche.

–¿Y te gusta vivir de ese modo?

–No querría hacerlo de otra manera, pero entiendo que este estilo nómada de vida no es para todo el mundo. O eso me han dicho.

–La mayoría queremos un hogar y una familia –dijo ella, asumiendo que se refería a las mujeres.

–Supongo que por «la mayoría» quieres decir «tú». Disculpame si crees que me estoy metiendo en un terreno demasiado personal, pero cuando dos personas van a trabajar tan estrechamente como tú y yo, y cuando nuestro negocio implica actuar como si se fuera una unidad, ayuda saber algo sobre la personalidad y los fines del otro.

–Me parece bien. Y sí, claro que tengo una finalidad. Quiero terminar mis estudios universitarios y convertirme en consejero escolar. También quiero un hogar y una familia.

–¿Y amor? Te puedo asegurar que alguno de los hombres que se alojen aquí querrá saber la respuesta a esa misma pregunta. Siempre es así.

–Quiero amor, pero no del modo al que probablemente tú te refieres. He amado y he sido amada. He estado casada. Mi marido murió hace cuatro años y, aunque espero volver a casarme algún día, creo que el amor debería ser... cómodo. No me interesa el tipo de intensas emociones ni la pasión que la mayoría de la gente desea.

Y efectivamente así era. James había sufrido por el hecho de que ella no había sido su Cenicienta ideal, pero, en parte, su matrimonio había fracasado porque ella no lo había amado tan profundamente como él la había amado a ella. Sabía los peligros de las emociones fuertes y no quería verse implicada en ellas. No quería fuego, ni llamas. Ni riesgo.

–Yo sería la última persona en criticarte por intentar evitar la pasión que la mayoría de la gente desea, especialmente porque el amor no está en mi lista de las cosas por conseguir. Algunos de nosotros simplemente no pensamos de ese modo.

–Exactamente –replicó ella, preguntándose por qué no se sentía más aliviada–. Y bien –añadió, intentando cambiar de tema–, ahora que nos conocemos un poco, ¿por qué me elegiste exactamente, Logan?

–Yo hubiera creído que eso resulta más que evidente, Rebecca. Eres tranquila, hermosa y sabes cómo dirigir a un grupo de personas. Tal vez no suene demasiado profundo, pero nunca hace daño tener a una mujer inteligente, encantadora y con conocimientos para ayudarme a encandilar a mis clientes.

–Es decir, no esperas que...

–No –dijo él con firmeza, colocándole un dedo bajo la barbilla para mirarla fijamente a los ojos–. No lo espero. Nunca. Esto es puramente una relación laboral, Rebecca. Entre tú y yo y entre tú y cualquiera de las otras personas que estén en este hotel. A pesar de que haya una buena relación entre nosotros, son solo negocios. Los términos de nuestro contrato serán muy específicos y si alguien, sea quien sea, intenta hacerte daño o coaccionarte de algún modo, se verá de patitas en la calle, sea quien sea. E inmediatamente. Se verá tumbado en el suelo de la calle. No apruebo que los hombres se aprovechen de las mujeres y la cantidad de dinero que un hombre tenga en el bolsillo no hace que su comportamiento sea más tolerable. Si he hecho que pensaras otra cosa que no fuera esto...

–No ha sido así, Logan –le aseguró ella, poniéndole la mano en el brazo y retirándola enseguida al sentir la calidez que emanaba del cuerpo de él–. Solo... bueno, vivimos en mundos muy diferentes. Quería asegurarme de que había entendido bien.

–Demonios... Debo de estar perdiendo facultades, Rebecca –dijo él, frunciendo el ceño–. Tengo treinta y cuatro años, soy un hombre de éxito y generalmente se piensa de mí que tengo cierta elegancia. Sin embargo, en las últimas veinticuatro horas he perdido a mi ayudante y he manejado este asunto tan mal que he conseguido que te pensaras que iba a compartirte con los clientes.

–En realidad no he pensado eso –replicó ella.

–¿Y si yo te lo hubiera pedido? –preguntó él, tan preocupado que ella no pudo evitar sonreír.

–Logan, soy la secretaria del colegio. Y paso una parte del día negándome a lo que la gente me pide.

–Estás hablando de niños, no de hombres adultos que harán lo posible por salirse con la suya.

–¿Has tenido que decir que no alguna vez a un adorable niño de ojos azules, con lágrimas de cocodrilo en los ojos?

–Los niños y yo, bueno, no hacemos buena pareja, así que no, gracias a Dios, no he tenido esa experiencia.

–Los niños y yo sí que hacemos buena pareja –dijo ella, satisfecha de haber demostrado lo que quería–, pero te puedo asegurar que no hay nadie más persuasivo que un niño travieso que sabe cómo llorar. Cada vez que tengo que decirles que no, se me rompe el corazón. La mayor parte del tiempo puedo ser muy agradable, pero dentro de mí, soy una mujer muy dura cuando tengo que serlo, Logan. Y si yo hubiera pensado que me estabas pidiendo que vendiera mi cuerpo, aunque hubiera sido por la mejor de las causas, nunca hubiera permitido que me trajeras aquí.

Logan asintió y sonrió.

–Me alegro mucho de oír eso. Sin embargo, ya sabía yo que eras especial desde el momento en que te vi. Estaba seguro de que puedes hacerte cargo de cualquier situación que se te presente.

–¿Por qué se marchó tu ayudante?

–Supongo que, dadas las circunstancias, esa es una pregunta legítima y ojalá pudiera darte una respuesta, pero no sé toda la historia y, además, no soy yo quien tiene que contarla. Allison y yo nos conocíamos desde hace mucho tiempo. Ella se ofreció voluntaria para ayudarme mientras mi ayudante habitual estaba de vacaciones, así que no creo que se marchara porque trabajar para mí fuera un infierno. Fuera lo que fuera, puedo garantizar que mi relación contigo será muy diferente.

Rebecca entendió en aquel momento que su ayudante había sido más que simplemente eso para él. Estaba segura de que había tenido una relación mucho más íntima con ella.

–Gracias por darme ánimos –dijo ella.

Estaba contenta de que él le hubiera prometido que su relación sería estrictamente laboral, ya que eso era precisamente lo que ella deseaba. La mayoría de las mujeres no hubieran podido evitar tejer fantasías sobre un hombre tan atractivo y tentador como Logan Brewster, que probablemente se movía de mujer a mujer como la mayoría de los hombres cambiaban de estación. Él vivía en un mundo en el que ella no encajaba y Logan representaba un riesgo que ella no estaba dispuesta a correr. Lo único que tenía que hacer era controlar los sentimientos que había experimentado para que no ejercieran ningún influjo sobre ella.

Centró su atención en el edificio que tenía delante. Tocó los cálidos ladrillos y admiró el interior, inundado por el sol. De algún modo había conseguido trasladar los árboles, las flores y la luz del exterior al interior del edificio.

–Debes de ser un genio, Logan. Esto es espectacular. Impresionante. Parece el lugar en el que a una persona le encantaría vivir.

–Eso me confirma que he elegido a la persona adecuada para este trabajo. Gracias –dijo él, en un tono de voz que evocó a Rebecca una visión turbadora.

Se lo imaginó desnudo, levantándose de la cama de una mujer, susurrándole palabras en aquel mismo tono. Aparentemente, pensar en cosas frías no era suficiente. Tenía que esforzarse más. Sin embargo, justo entonces, él la tomó de la mano y ella sintió que una cálida sensación le recorría todo el cuerpo. Entonces comprendió que solo había un modo de que aquello funcionara: no tocar a Logan.

–Bienvenida a mi casa, Rebecca. Vamos, te enseñaré más.

Ella sintió que el pulso se le aceleraba. Aquel hubiera sido un buen momento para darse la vuelta y regresar a su apartamento, para explicarle que ella era la mujer equivocada para aquel trabajo. Sin embargo, respiró profundamente y se dejó llevar a la casa que compartiría con Logan durante las siguientes semanas.

–¿Estás segura de que quieres empezar con esto ahora? –preguntó Logan, delante del ordenador–. Sé que te he dicho que había mucho que hacer, pero nunca había pensado que te pusieras a trabajar antes de mañana. Tal vez prefieras darte un paseo para acostumbrarte a un lugar que te resulta extraño.

Él mismo sentía la necesidad de apartarse de aquella mujer. Sus sentidos habían estado en alerta desde que la había visto y necesitaba darles un respiro.

Nadie sabía mejor que él la necesidad de controlar las situaciones, de no ceder a los deseos repentinos. Aquello había sido lo que había dejado a su madre embarazada, sin dinero y sola en la calle después de que su amante y su familia la hubieran abandonado. No se había preocupado de enseñárselo a su hijo y él había aprendido después de sufrir muchas veces.

Sin embargo, no era el pasado en lo que tenía que concentrarse, sino en la mujer que le estaba haciendo pensar en todas aquellas cosas.

–Estoy segura de que si me dejaras que lo fuera descubriendo todo por mí misma, Logan, lo haría bien.

–No siempre se puede saber lo que a una persona le gusta simplemente leyendo sobre él. Mira la lista de invitados. Si lees simplemente lo que está en la pantalla, verías que dentro de doce días esperamos a un político retirado, un abogado, varios contables y una joven y prometedora estrella. ¿Qué significa eso?

–Todos son personas de carreras liberales y, por lo tanto, esperarán un cierto nivel de servicios. Y nosotros se lo daremos.

–Efectivamente –replicó él, satisfecho–. Les daremos todas las comodidades que se pueda esperar de un hotel de lujo.

–¿Servicio personal?

–Por supuesto.

–Lo que significa que hay que saber mucho más de lo que indica la pantalla –concluyó ella–. Entonces, muéstrame lo que tengo que saber, Logan.

Aquellas palabras lo dejaron perplejo. Había oído a muchas otras mujeres decirle aquello, con casi el mismo tono de voz, aunque hablaban de cosas muy diferentes. A pesar de todo, no pudo evitar que su mente se pusiera a pensar en imágenes que le dificultarían mucho la concentración. Por eso, las dejó a un lado.

–De acuerdo –dijo él–. Tomemos el caso de Brian Jaynes, el abogado. Lleva ropa de Armani, tiene el garaje lleno de coches de la marca Porsche y Ferrari y conoce al dedillo las principales ciudades del mundo. Es un hombre que está acostumbrado a que se le trate bien, por eso, cuando tenga trabajo en Eldora, ¿qué es lo que va a conseguir que su estancia aquí sea diferente de cualquier otra noche en cualquier otro hotel?

–¿Mejores colchones? –preguntó Rebecca, abriendo mucho los ojos.

–Seguramente mejores colchones –repitió él, dejando escapar una carcajada–, pero también un toque personal. Y por eso, me refiero a un toque hogareño. Brian probablemente forme parte de la clase que gobierna, pero viaja más de lo que le gustaría. Y, como a todo el mundo, le gusta soltarse el pelo de vez en cuando. A Brian le encantan las novelas de ciencia-ficción, la música y tocar el clarinete. Cuando está en su casa, también le gusta el arroz con leche. Y nosotros nos aseguraremos de que lo tiene todo para relajarse y darse esos pequeños caprichos mientras esté con nosotros.

–¿Y cómo lo vamos a conseguir, aparte de darle bien de comer?

–Le haremos saber que estamos aquí para que se sienta como en casa. Si hay algún grupo tocando en la ciudad, le suministraremos entradas. Si no, equiparemos su habitación con discos compactos, libros y partituras.

–¿Y un clarinete?

–Si quiere uno, sí –afirmó él. De repente, ella levantó la cara y le mostró una maravillosa sonrisa. Logan intentó desesperadamente controlar el deseo que sentía de acariciarle el cuello–. ¿Qué?

–Me estaba preguntando que, cuando me alojé aquí hace tres años, ¿qué crees que me hubieran dicho si les hubiera pedido un clarinete?

–¿Te hubieran dado las *Páginas Amarillas?*

–Ni siquiera eso. Alguien las había arrancado del teléfono público que había en el vestíbulo.

–Me aseguraré de que tengas un ejemplar para ti sola.

–Yo... yo no soy una huésped del hotel –dijo ella, sonrojándose. Logan se preguntó por qué.

–Y...

–Y tú no tienes por qué darme caprichos, Logan.

Sin embargo, eso era precisamente lo que él deseaba. Se había dado cuenta justo cuando ella había pronunciado aquellas palabras. No tenía intención de repetir los errores que había cometido aquella semana con Allison, pensando que ella podía ser su amiga a la vez que socia en los negocios. Entonces, extendió la mano y tomó la de Rebecca entre las suyas, obligándose a pensar que el temblor que sintió no era nada especial.

–Rebecca, durante las próximas semanas vamos a ser socios. Socios de negocios. Si yo quisiera... darte un capricho, puedes estar segura de que no lo haría con algo tan mundano como una guía de teléfonos.

–De acuerdo –respondió ella, con una risa algo nerviosa–, pero si intentas satisfacer las fantasías de cada cliente, ¿no se aprovecha la gente de ti?

–Rebecca –dijo él, apretándole la mano para luego soltársela. Parecía estar realmente preocupada–. Crecí en las calles de Chicago. Era duro, rápido... Si me hubiera quedado allí, tal vez hubiera muerto, pero no lo hice. Aprendí a sobrevivir, a ir siempre un paso por delante... Y a cómo evitar que se aprovechen de mí.

–¿Cómo conseguiste llegar de allí hasta aquí?

–Trabajando, ahorrando... Compré una pequeña tierra, la trabajé y la vendí. Compré más. Con el tiempo, conseguí comprar un motel de mala muerte y lo convertí en algo, si no digno de admirar, al menos respetable. Aprendí cómo salir adelante dándole a los clientes lo que no podían conseguir en otra parte. Conozco mi negocio y vivo para él. Y nunca permitiré que nadie se aproveche de mí contra mi voluntad.

Rebecca lo había estado mirando directamente a los ojos, pero al oír aquellas palabras, bajó los párpados. Logan no pudo evitar pensar que parecía una mujer a punto de recibir un beso. Al mirar a los labios de ella, no pudo evitar tragar saliva para intentar controlar sus instintos más bajos. Entonces, Rebecca abrió los ojos.

–¿Significa eso que me vas a dar mi guía de teléfonos? –preguntó.

–Significa que es mejor que volvamos a trabajar antes de que me digas que quieres una orquesta con diez instrumentos en tu habitación. Creo que en estos momentos, me convencerías para que te la pusiera.

–No creo. No hay espacio suficiente para ellos y para mí en la misma habitación.

–¿Es que no te gusta tu habitación?

–Sabes que es una habitación muy hermosa y que todo lo que necesito está allí, así que ni se te ocurra darme otra mejor. Me gusta la que tengo.

Durante la siguiente hora, Rebecca se concentró en todo lo que Logan le explicó, en cada palabra que dijo. Cuando hubieron terminado, ella era capaz de mirar una foto y decir el nombre de la persona, su profesión y unos cuantos detalles de su vida personal.

–Eres una hotelera nata –le dijo Logan.

Sin embargo, no era aquella la razón de que ella fuera tan hábil con los nombres y las caras. Cuando estuvo casada con James, a él le gustaba que ella lo supiera todo de sus asociados comerciales. Ella había hecho todo lo posible por memorizar todo lo que podía. Y así, poder ahogar su culpa por no amar a su marido lo suficiente.

–Las secretarias de un colegio necesitan saber los nombres de todos los niños que pasan por el centro –explicó ella, sin mencionar nada sobre su pasado con James.

–Estoy seguro de que eres muy hábil en tu trabajo –respondió él. Entonces, Rebecca recordó lo que él había dicho sobre su relación con los niños.

–Perdóname por preguntar, pero... acabas de donar un buen puñado de dinero para una organización benéfica para los niños y, sin embargo, no te encuentras cómodo con ellos –dijo ella. Al ver que él se sorprendía por aquella pregunta, se encogió de hombros–. Lo siento. En el colegio, pasaba gran parte de mi tiempo haciendo preguntas. Y es un hábito que no he perdido.

–No te preocupes. En cierto modo, una de las razones por las que te he elegido a ti, es precisamente por esa habilidad. En cuanto a mí, digamos simplemente que he visto demasiados niños que eran el producto de relaciones sexuales rápidas y sin tomar precauciones. Niños que se derrumbaban bajo la presión o que, al crecer, eran personas viles y que normalmente se convertían también en malos padres. En mi opinión, solo deberían ser padres los que lo deseen con todo el corazón y se encuentren capacitados para ello. Y ese no es mi caso.

Rebecca intentó no pensar qué era lo que le había llevado a pensar de aquel modo, pero, evidentemente, su decisión era muy firme y se veía que no quería hablar del tema. En cierto modo, se sentía aliviada de que sus deseos básicos fueran tan diferentes. Aquelló significaba que no había posibilidad de enamorarse de un hombre que no quisiera hijos.

–Me parece bien. No deseas hijos, solo hoteles. Y, si no te importa que te haga otra pregunta, ¿por qué has elegido los hoteles? ¿Por qué no otra cosa? ¿Y por qué este hotel?

–Dos razones. Una es que después de decidirme a salir de las calles, anduve por ahí, trabajando. Este hotel, este mismo hotel, fue el primer lugar en el que me alojé una noche cuando había ganado lo suficiente para pagar el precio de una habitación. Y la segunda, es muy sencilla. Cuando se ha vivido en las calles lo suficiente, no se da por sentado que se vaya a encontrar un buen lugar para dormir cada noche. Los hoteles era el negocio evidente para mí. Por eso, me tomo muy en serio cómo se organizan las habitaciones y las camas, especialmente las camas de este hotel en particular.

Rebecca se sintió algo temblorosa al oír cómo él decía la palabra *camas*. Seguramente, también se tomaba muy en serio con quién las compartía. Menos mal que ella nunca iba a tener que ver nada con aquel tema.

–Hablando de camas –dijo ella–. Creo que voy a subir a la mía. Para dormir.

–Para dormir –afirmó él–. Dulces sueños, Rebecca.

¡Como si aquello fuera posible! Logan le había proporcionado el mejor colchón del mundo y la más hermosa habitación en la que nunca había dormido. Sin embargo, sabía que si conseguía dormir algo aquella noche, sería un milagro. Logan Brewster estaría en algún lugar del hotel. Además, ella ya sabía lo seriamente que aquel hombre se tomaba las camas de sus hoteles. Aquel pensamiento era suficiente para hacer que una mujer no pudiera conciliar el sueño durante al menos cuatro semanas.

Capítulo 3

DE ACUERDO, lo admito –le dijo Emily Alton a Rebecca unas horas más tarde–. Simplemente no me agrada la idea de que estés en un hotel vacío con un hombre como Logan Brewster, Rebecca. Se dice que es un seductor.

Lo que acababa de decirle su amiga se parecía demasiado a lo que Rebecca pensaba, así que no pudo enfadarse. Además, estaba claro que Logan tenía mucha habilidad para conquistar a las mujeres, ejemplo de lo cual era ella misma. A pesar de todo, se aferró al auricular, decidida a que aquella llamada a tres con Emily y Caroline tuviera el resultado deseado. Ya habían hablado del hombre que había adquirido los servicios de Emily a través de la subasta. Era Simon Cantrell, miembro de una de las familias más antiguas de Eldora. También lo habían hecho del de Carolina, Gideon Tremayne, nieto de un hombre que había sido nombrado caballero. Era su turno para hablar de Logan y Rebecca no quería preocupar a sus amigas, sino tranquilizarlas.

–Es un hotel muy grande, Emily.

–Entonces, hay más camas que probar, Rebecca –dijo Caroline.

–Caroline...

–Lo siento, pero creo que Emily tiene razón. Queremos que no corras ningún riesgo.

–Logan no me va à hacer daño.

–Estoy segura de ello, pero... –comentó Emily.

–Ya sabes que a mí esas cosas no me afectan.

–¿Y qué me dices de ese tipo de hace un par de años? ¿El del que casi te enamoraste y que había dejado bien claro que solo estaba de paso en la ciudad?

–Efectivamente, casi. No me enamoré de él. Resistí a pesar de lo mucho que insistió.

–No era Logan Brewster.

Aquello era cierto. Aquel hombre no tenía ni la mitad del encanto de Logan. Se había sentido interesada, pero sin bajar la guardia. Además, la única razón de aquel interés había sido que se había sentido necesitada de tener relaciones sexuales con un hombre. Por supuesto, aquello no era algo que le gustara recordar cuando había añadido dos años más a aquella necesidad. Rebecca se llevó las yemas de los dedos a los labios.

–No te estarás mordiendo las uñas, ¿verdad, Rebecca? –preguntó Caroline–. Si es así, ya sabes que eso significa que pasa algo.

–Claro que no –respondió ella. No se las estaba mordiendo. Todavía no. No lo había hecho durante años. Sin embargo, en aquel momento deseó no haberles contado a sus amigas aquel pequeño secreto–. Venga, Caroline, Emily. Quiero que no os preocupéis. De nosotras tres, ¿cuál es la que tiene más hielo en las venas cuando hay que tenerlo?

–De acuerdo, tú ganas –replicó Emily, tras un silencio–. Todas tenemos una buena dosis de autocontrol, pero tú eres, de hecho, la más fría de las tres.

Sin embargo, ¿te parece adecuado pasar tres semanas sola en un hotel con un hombre que devora mujeres como si fueran los cereales del desayuno?

–Emily, no te creas todos los rumores que oigas. Estoy segura de que Logan no es ese tipo de hombre... –dijo, sin estar del todo convencida de aquello–. Además, no estamos solos. Hay cocineros, jardineros y doncellas. Y mi habitación se puede cerrar con llave. Con dos vueltas de llave.

–Sí, pero ¿qué pasa si eres tú la que la abre de par en par? Ese hombre es casi mejor que un batido de chocolate doble –señaló Caroline.

–Creo que podéis confiar en que mantendré mi puerta cerrada –insistió Rebecca–. Creédme.

–Hmm, ya conozco ese tono de voz, ¿tú no, Emily?

–Si, y solo significa una cosa.

–Efectivamente, eso significa que podemos confiar en ella. Siento que hayamos dudado de tu habilidad para resistir a la tentación, pero cuando ese hombre vino a recogerte a tu apartamento, parecía la clase de hombre que estaría bien con y sin ropa. Solo teníamos que asegurarnos de que no necesitas nuestra ayuda. Sabemos perfectamente que nunca nos pedirías ayuda si no te obligáramos primero.

Efectivamente así era. Guardar su independencia era un hábito que Rebecca había adquirido a lo largo de los años que había vivido con sus tíos, durante los cuales le había parecido que no podía esperar ayuda de ninguna parte. Sin embargo, aquello formaba parte del pasado y no quería pensar más en ello.

–¿Rebecca? –preguntó Emily, con voz preocupada.

–Os adoro, amigas mías –respondió ella–. Gracias por preocuparos por mí, pero no hay necesidad alguna. De verdad lo tengo todo bajo control. Logan y yo tenemos un acuerdo laboral. Eso es todo. Cuando llegué a mi habitación, había un contrato para que yo lo inspeccionara. Lo firmé y puedo aseguraros que era muy explícito, muy seco y muy digno de confianza. ¿De acuerdo?

–De acuerdo, no insistiremos más –afirmó su amiga–. Pero una cosa más, Rebecca.

–¿Sí?

–Ahora que sabemos que estás bien, tenemos que saber una cosa, ¿verdad, Caroline?

–Sí, sí –replicó la otra.

–¿Qué queréis saber? Venga, preguntad.

–Bueno –empezó Emily–, hemos oído...

–Que la bañera de la suite nupcial mide casi tres metros de ancho, tiene un borde de oro puro y una fuente que da champán al lado.

–Y que hay una cama del tamaño de la ciudad de Topeka, en Kansas, con un acopio interminable de pétalos de rosas recién cortadas que colocan en un recipiente de cristal sobre la mesilla de noche –quiso saber Emily.

–Estáis de broma.

–No –respondieron las dos, riendo.

–Lo comprobaré –respondió ella, también riendo–. Y si queréis, os lo contaré cuando lo sepa.

–Claro –dijo Caroline–. Y si necesitas algo, lo que sea, solo tienes que tomar el teléfono, cielo. Recuérdalo.

–Lo haré. Por aquí no andamos escasos de teléfonos.

Rebecca se despidió de sus amigas y colgó. Sin embargo, a los cinco minutos de estar sentada en la oscuridad, se levantó. ¿Dónde estaría la suite nupcial?

Había anochecido varias horas antes. De repente, Logan escuchó unos pasos casi imperceptibles que pasaban al lado de su habitación. Rápidamente, se levantó y se acercó a la puerta.

Después de lo que había pasado en las calles, todavía tenía el oído tan agudo como un ave nocturna. Entonces, había sido su medio de supervivencia pero, años después, le irritaba profundamente. Sabía que su sistema de seguridad era casi infalible. Si había alguien andando a aquellas horas por el hotel, solo podía ser una persona, y no estaba seguro de poder resistir un encuentro nocturno con Rebecca.

En ese momento, pensó que ella estaba sola en un lugar desconocido y que el hotel era muy grande. Tal vez se había perdido. Tal vez estaba buscando a alguien que la ayudara porque se había olvidado de dónde estaba su habitación.

Tras abrir la puerta, miró por el pasillo. No se veía a nadie. Logan salió de la habitación y empezó a caminar en dirección a los pasos. De repente, los de ella se detuvieron, pero él siguió. Entonces, captó el suave aroma de Rebecca y la vio. Antes de acercarse a ella, carraspeó para advertirle de su presencia.

–Logan –dijo ella, sobresaltada.

–¿Te encuentras bien? –preguntó él, dando los últimos pasos que le llevaban a su lado.

–Sí, yo... estaba explorando –confesó ella, sonrojándose–. No podía dormir y mis amigas me preguntaron algunas cosas sobre la suite nupcial. Se me ocurrió que podría ir a echar un vistazo.

–Han oído rumores, ¿verdad? ¿Sobre los pétalos de rosa?

–Pensé que se lo habían inventado.

–Ven, te lo enseñaré –dijo él, tomándola de la mano.

Enseguida, se dio cuenta de que aquello había sido un gran error. Tenía la piel más suave que los pétalos de las rosas que iban a ver. Y aquello solo era la mano. Tenía que haber otras partes más suaves, que no podía ver ni tocar.

–Es aquí –dijo él, intentando apartar aquellos pensamientos. Entonces, dio la vuelta a una esquina y se sacó la llave maestra.

–Yo... No se me había ocurrido lo de la llave –dijo ella, intentando soltarse de él.

–Debería haberte dado una –replicó él. Si se la hubiera dado, no estarían allí juntos y él no estaría experimentando aquellas sensaciones. Era mejor mostrarle la habitación rápidamente y luego marcharse cada uno a su dormitorio–. Bueno, aquí esta –añadió, abriendo la puerta y dejando que ella entrara primero en la suite–. El paraíso de los recién casados.

–Dios mío... –murmuró ella. Tras mirar extasiada la habitación durante unos segundos, se volvió a mirarlo. Logan deseó que no lo hubiera hecho. Tenía un aire tan dulce, tan magnético–... Entonces, hay también una fuente de champán, ¿verdad? Y una bañera con adornos de oro y una... Bueno, es muy grande, ¿verdad? –añadió, refiriéndose a la cama–. Justo como me dijeron.

Logan quería reír, o gemir. La cama, tal y como ella había dicho, era efectivamente muy grande, lo suficiente para tentar a cualquier hombre que entrara en aquella habitación con una mujer como Rebecca, por mucho que aquel hombre no quisiera sentirse tentado.

–Es la suite nupcial.

Aquellas palabras conjuraron visiones de lo que las parejas hacían en sus lunas de miel. La cama parecía llamarle, incitarle a que la tocara, a que estrechara el cuerpo de Rebecca contra el suyo, a que la tumbara en la cama...

–¿Logan?

La voz de Rebecca sonaba tan tranquila como siempre, pero sus ojos... Logan levantó la cabeza, apartando las imágenes prohibidas que habían acudido a su cabeza, sonriendo. Esperó que aquel gesto pareciera lo suficientemente despreocupado como para ocultar lo que había estado pensando.

–La cama de la suite nupcial tiene que ser muy grande. ¿Nos vamos?

–Sí, es una habitación preciosa, Logan.

Sus ojos parecían haber recobrado la compostura de siempre. Logan se alegró.

–Te acompañaré a tu habitación.

–No –replicó ella–. Es decir, no es realmente necesario, pero...

–¿Sí?

–Estoy segura de que entenderás que siempre resulta un poco desconcertante pasar la primera noche en un lugar extraño. No me importaría tener algo que leer. Dado que hay tanta información que necesito asimilar, ¿tienes algo que podría ayudarme? ¿Información sobre el hotel? ¿Libros?

Rebecca iba caminando por delante de él. El cabello se le movía al andar. Sin poder evitarlo, la miró la espalda, tan perfecta para que un hombre pusiera la mano sobre ella. Sin embargo, aquello resultaba muy peligroso para él.

–¿Libros? Estoy segura de que podré encontrarte algo en la biblioteca. Si quieres que te lleve allí...

–¿No te importaría escogerme algo y dejármelo delante de mi puerta? Confío en ti.

Logan tomó aire. Rebecca confiaba en él. Era una locura que una mujer le dijera aquellas palabras cuando él se sentía de aquella manera. Rebecca, aparte de aprender los gustos de sus huéspedes o de cómo elegir un vino, tendría que saber cómo detener a un hombre hambriento y peligroso.

–Te dejaré un par de libros delante de la puerta –dijo él por fin.

Tendría que encontrar también uno para él. Sería mejor que se pasara la noche leyendo. Con toda seguridad, no iba a conseguir pegar el ojo aquella noche.

Cuando Rebecca entró en el comedor a la mañana siguiente, se preguntó si Emily y Caroline no tendrían razón al hablarle sobre los peligros de pasar demasiado tiempo con un hombre como Logan. Treinta minutos antes, se había despertado sobre las sábanas revueltas, rodeada de libros, después de pasarse la noche soñando con la voz de Logan. Se había dado una ducha de agua fría para prepararse para afrontar a aquel hombre. Y, efectivamente, allí estaba, levantándose de la mesa de desayuno, fuerte y atractivo...

–El tiempo se nos está acabando. Ahora vamos a ir de compras para llenar tu guardarropa...

–¿Vas a comprarme ropa?

–Tranquila, Rebecca. Vamos a ir a la ciudad para...

–No puedo permitir que me compres ropa.

–Es parte del trabajo. Acordamos que tú me ayudarías y que yo te proporcionaría todo lo que necesitaras.

–Sí, pero me dijiste que me enseñarías, no que me vestirías también –replicó ella, mirando la sencilla falda azul marino y la blusa blanca que llevaba puesta. De nuevo, le parecía que alguien quería convertirla en algo que no era. Como sus tíos. Como James.

–Es una ropa preciosa la que llevas puesta. Inocente, lo que seguro que vuelve locos a tus compañeros de trabajo, pero tú eres una mujer que puede llevar muchos estilos, Rebecca. Para la inauguración del hotel, tendrás que ponerte algo diferente, algo un poco más...

–Lo sé. Sofisticado –replicó ella, entendiendo que no había por qué sentirse amenazada. Aquel era un trabajo y, como todos los trabajos, implicaba cierto estilo en el vestir–. Tienes razón. Estamos en un hotel Brewster y todos los huéspedes buscarán una cierta imagen. Está bien... Vamos de compras –añadió, dando un paso adelante.

Entonces, sonrió. Logan cayó víctima de aquella sonrisa. Supo lo frustrado que podría sentirse un hombre. Resultaba evidente que Rebecca se sentía incómoda por permitir que él la vistiera, como si fuera una muñeca de papel. Sin embargo, se había comprometido y cumpliría su palabra. Belleza física y del alma. Era una combinación que a él le estaba resultando casi imposible de resistir.

Pero consiguió hacerlo. Aquella mujer no estaba buscando una relación pasajera para saciar sus apetitos. Buscaba el amor, un hogar, una familia... Cosas que él no necesitaba y que nunca se permitiría desear.

–Vamos –dijo él, tomándole de la mano y controlando firmemente las reacciones de su cuerpo.

–¿Dónde vamos? –preguntó ella, con aquella voz tan fría y tan sensual.

–A algún sitio de por aquí, pero que sea especial, fuera de lo corriente.

–Supongo que entonces no te refieres a mis grandes almacenes favoritos –sugirió ella, divertida.

–No me cabe la menor duda de que Angelique se sentiría muy ofendida si hubiera algún parecido entre unos grandes almacenes y su exclusiva boutique. Pero me perdonará.

Efectivamente, Angelique había empezado en unos grandes almacenes. Como el propio Logan, había conseguido subir poco a poco. En aquellos momentos, estaba esforzándose mucho en proyectar una imagen exclusiva.

Aparentemente, Rebecca comprendió algo de todo eso porque, cuando entraron en la tienda, no parpadeó al ver a Angelique vestida con extravagantes y llamativas bufandas, que le sentaban muy bien, y un pasable acento francés, que no le iba en absoluto. Rebecca sonrió del modo encantador en que solía hacerlo.

–Logan me ha dicho que vas a hacerme parecer elegante –dijo ella.

–¿Logan? –preguntó ella, frunciendo el ceño.

–Sé lo que estás pensando, querida. Que ya parece elegante. Y así es, Rebecca –dijo él–. Solo quiero que Angelique te haga justicia.

–Eso está mejor, majadero –replicó Angelique, sonriendo.

–Angelique me adora –confesó Logan, riendo, mientras Rebecca parpadeaba–. Si no me insultara, entonces sabría que estaba en su lista negra.

–Completamente. Venga, querida –le dijo a Rebecca–. Vamos a por una cinta de medir para ver tus medidas. Y tú te quedas aquí –añadió, al notar la expresión de Logan–. No quiero que la muchacha empiece a retorcerse cuando la mires.

–Estoy segura de que no iba a venir a mirar –comentó Rebecca, que se había sonrojado.

–Entonces, no conoces a este hombre. En lo que respecta a las mujeres, no se puede confiar en él. E incluso sabiendo lo que es, se le ofrecen como deliciosos postres. Y si te piensas que él no se aprovecha de lo que se le ofrece, eres más inocente de lo que pareces.

Rebecca abrió los ojos de par en par, pero Logan no se molestó en contestar a las acusaciones de su amiga, a pesar de que no eran verdad. Era muy selectivo con las mujeres.

Tras unos minutos, Rebecca salió por fin del probador vestida con un modelo de color azul, con hombreras muy finas. Era corto, mostrando así las hermosas rodillas de Rebecca. Sin embargo, resultaba evidente que ella se encontraba incómoda por algo.

–Eres una maestra, Angelique –dijo él.

–El azul es perfecto para esos maravillosos ojos –respondió Angelique, satisfecha–. Y este –añadió, sacando uno blanco–, le irá estupendamente con el pelo.

–Oh, no –murmuró Rebecca, contemplando las limpias lineas del vestido, que era de cuello alto con un vertiginoso escote en la espalda.

–Oh, sí –replicó él, mirándole a los ojos–. Harás justicia a ese vestido como no podría hacerlo otra mujer.

Sin embargo, ella frunció el ceño. Entonces, Logan levantó una mano y miró a Angelique. Esta asintió y desapareció.

–No es demasiado sugerente, Rebecca –razonó él.

–No, pero es demasiado caro. Cuando me dijiste que necesitaba ropa, yo... No puedes gastarte todo este dinero.

–Ese vestido... –dijo Logan, tomándola de los brazos y deseando poder estrecharla entre los suyos–... es solo por trabajo, Rebecca. Solo por tu trabajo –añadió. Efectivamente, estaba dispuesto a soportar la tentación porque la imagen de ella iba a la perfección con la del hotel. El Oaks sería con ella algo especial–. Solo negocios –insistió él, cuando ella abrió la boca para protestar–. Tú y yo tenemos que cumplir un contrato.

–Pues es un contrato demasiado caro.

–Yo puedo permitirme gastar dinero. Tú eres una buena inversión para mí. Una muy buena inversión.

–De acuerdo –dijo ella–. Si quieres gastarte el dinero y vestirme y transformarme en la perfecta anfitriona, no me queda más remedio que plegarme a tus deseos, señor Brewster –añadió, haciendo una reverencia–. Tú y yo cumpliremos con nuestro trabajo.

A partir de aquel momento, Rebecca permitió que la magia de Angelique actuara sobre ella. La diseñadora la vistió de sedas y de accesorios.

–Y ahora... –sugirió Angelique. Logan entendió perfectamente lo que le decía y siguió a Angelique a una pequeña mesa.

–Solo unos cuantos detalles, Rebecca –susurró él–. Volveré enseguida.

Logan observó cómo Rebecca, sin muchas ganas, examinaba los contenidos de las perchas, observando a las otras clientas que entraban en la tienda. Mientras hablaba con Angelique y escogía los últimos detalles, se oyó el llanto de una niña.

Escondida entre las prendas de una de las perchas, la pequeña sollozaba. Logan sintió que aquellos gritos le oprimían el pecho e, inconscientemente, se movió hacia la puerta, pero se detuvo. Había afrontado aquella situación antes, muchos años atrás. Su madre. Amargura. Ira. La necesidad de encontrar alguien con quien pagarlo.

Sin embargo, Logan ya no era ese alguien. Y aquello no era el pasado. Era el presente.

–¡Oh! La madre de esa pobre niña está en el probador –comentó Angelique mirando a la niña, que no dejaba de lloriquear–. Es mejor que vaya a por ella y le diga que su hija tiene miedo.

En aquel momento, Rebecca se arrodilló al otro lado de la percha.

–No llores, bonita. –decía–. Tu mamá está muy cerca. No te ha dejado sola y no querría que estuvieras triste o preocupada. Va a volver a tu lado muy pronto. La esperaremos juntas.

Entonces, Rebecca se sentó en el suelo. Poco a poco, la niña empezó a salir de entre la ropa. Tenía el rostro lleno de lágrimas y sorbía desconsoladamente. Al ver a Rebecca a solo unos pocos pasos de ella, sonriendo, la niña se escondió detrás de una camisa.

–No me acercaré más, cielo –prometió Rebecca–. Me quedaré aquí hasta que venga tu mamá. Así estarás a salvo. Aquí hay demasiadas cosas para que una niña pequeña como tú pueda tropezar o atragantarse.

Logan sabía que así era. La tienda estaba llena de perchas y botones, pendientes y alfileres y cuentas por todas partes. Sin embargo, no veía nada de aquello porque no podía apartar los ojos de Rebecca, sentada en el suelo con el conjunto verde esmeralda que él había insistido en que se llevara puesto. Finalmente, la niña salió, sonriendo a la hermosa mujer que estaba junto ella. Rebecca Linden. Realmente era todo lo que él se había imaginado que era, una mujer perfecta para un hombre que buscara lo mismo que ella deseara. Y algún día encontraría a aquel hombre afortunado.

–Es muy hermosa, ¿verdad? –susurró Angelique.

–Sí, lo es –respondió Logan, mientras la madre de la niña salía del probador y rompía el hechizo–. Será un... un valor añadido para el hotel. Elegí bien, ¿no es cierto? –añadió, mientras Rebecca se ponía de pie y se acercaba a ellos, andando con elegantes y largas piernas.

–¿Un valor añadido? Vuelve al mundo real, Logan. Cuando la miras, ardes.

–Es solo por negocios, Angelique –insistió él, ignorando lo que sentía.

Rebecca llegó a su lado. Estaba sonriendo, mucho más cómoda que cuando habían entrado en la tienda. Logan se preguntó lo que tendría que ver la niña al respecto.

–Has hechizado a esa niña, Rebecca –dijo Angelique con aprobación, al ver cómo la niña no dejaba de mirarla y de sacudir las manitas hacia ella–. Deberías tener hijos. Muchos hijos.

–Gracias –replicó Rebecca, sonriendo–. Y también te doy las gracias por ser tan paciente conmigo. Me temo que no soy una clienta fácil.

–Bueno, ¿qué tiene de malo que te resistas un poco? Yo ya sabía que Logan te convencería. Puede ser muy persuasivo.

–No me has entendido, Angelique –afirmó Rebecca. La sonrisa se le había helado en los labios. Logan y yo tenemos una relación estrictamente laboral. Esto... –añadió, refiriéndose a las bolsas y cajas que se apiñaban a su alrededor–, es solo parte de mi trabajo.

–Sí, claro... –dijo la otra mujer, encogiéndose de hombros–. Me alegro de que estés... trabajando con él. Tenía razón en que eres muy hermosa. Yo estaré muy orgullosa de que una modelo tan atractiva lleve los diseños que tanto adoro. Aunque solo sea por negocios.

Logan no prestó atención a la mirada que le dirigió Angelique mientras le prometía enviárselo todo al hotel y les acompañaba a la puerta. Rebecca tenía razón. Lo suyo solo era una relación laboral. Además, tenía un contrato muy conciso para demostrarlo.

Capítulo 4

CREE que me voy a acostar contigo, ¿verdad? Solo habían andado unos pocos metros cuando Rebecca dijo aquellas palabras. Además, le había colocado a Logan la mano sobre el brazo.

Logan entonces cubrió aquella mano con la suya y miró fijamente los preocupados ojos de Rebecca.

–Angelique cree que el mundo gira en torno a la ropa y al amor, pero tú y yo ya hemos hablado de esos temas, ¿verdad, Rebecca?

–Efectivamente así ha sido –replicó ella, aliviada–. ¿Qué clase de mujer se resistiría a que un hombre la vistiera con hermosas ropas y le ofreciera alojamiento y manutención en un hotel de lujo?

–Con toda seguridad, tú no, Rebecca.

–Efectivamente, yo no, Logan. Yo solo soy la ayudante del director del hotel, y necesito todas esas ropas para cumplir con las obligaciones de mi contrato, ¿no es verdad?

–Así es.

–Y también necesito vivir en el hotel si voy a ayudar a que nuestros clientes se sientan como en su casa, ¿no es cierto?

–No podría estar más de acuerdo contigo.

–Y si la gente cree que me estoy acostando con el dueño del hotel solo porque él tiene una... una...

–¿Mala reputación?

–Solo porque se sabe que es un seductor –le corrigió ella–. Entonces, yo tendré que demostrar que nuestra relación es completamente pragmática e impersonal, ¿no te parece? Tendré que ser la empleada modelo, fría y tranquila y hacer que todo el mundo se dé cuenta de ello.

–No hay nadie más cualificado que tú para hacerlo. Lo supe en cuanto te vi.

–Bueno, pues en ese caso, Logan, empecemos a hacer que se entere todo el mundo. El Eldora Oaks va a inaugurarse muy pronto y va a ser de lo más profesional.

–¿Qué me estás sugiriendo? –preguntó él, sin saber adónde quería ella ir a parar con aquella frase.

–Te estoy sugiriendo que me lleves a comer. Después de probarme todas estas ropas, estoy muerta de hambre. Una cosa más, Logan...

–¿Sí, Rebecca?

–Creo que sería una buena idea que empezaras a compartir todos los pequeños detalles del hotel conmigo. Si voy a hacer esto bien, quiero saber todo lo que se pueda sobre la historia del edificio, el número de habitaciones y todos los secretos. Si voy a ayudarte con tus huéspedes, tendré que ser una fuente de información. Y tú tendrás que ayudarme a rellenar todos lo huecos en blanco.

Y precisamente aquello fue lo que hizo Logan. Se sentaron en una mesa del restaurante Heart of Heaven y le demostraron a Eldora que entre ellos había solamente una relación profesional. Logan hablaba, Rebecca tomaba notas y hacía preguntas, que él le respondía. Para cuando salieron del comedor,

Rebecca sabía mucho mejor lo que había sido el Oaks y en lo que Logan quería convertirlo.

–Bueno, creo que lo hemos dejado muy claro, ¿no te parece? Ahora nadie pensará lo mismo que Angelique. Sabrán que no hay nada más que una relación laboral entre tú y yo.

–Sin duda, Rebecca –respondió él, sonriendo, montándose en el coche.

Sin embargo, su mente estaba de lo más confusa. Durante el almuerzo había visto a Rebecca comer y le había encantado su entusiasmo por la comida. Cada vez que ella había inclinado la cabeza para hacerle una pregunta, le hubiera gustado devorarle aquellos jugosos labios. Si lo hubiera hecho, todo el mundo sabría lo que para él ya no era un secreto. El lobo había encontrado a Caperucita Roja y se la llevaba a su casa, para tenerla solo para él.

Por primera vez en su vida, Logan sintió pena por el lobo. La inocencia era un atractivo mucho más poderoso de lo que había imaginado. Nunca antes se había dado cuenta porque no había frecuentado la compañía de mujeres virtuosas. Sin embargo, la verdad se había hecho evidente. Respetaba a aquella mujer, la necesitaba... y la deseaba. Iba a resultarle un infierno mantener aquel deseo encadenado durante las próximas semanas. Sin embargo, esperaba conseguirlo. Tocar a Rebecca Linden solo podía conducir al éxtasis, que acabaría inevitablemente en el desastre.

Horas más tarde, Rebecca averiguó por qué Logan necesitaba una ayudante. Después de mirar los archivos que tenía en el ordenador, se dio cuenta de que iba a llegar un gran número de invitados para la inauguración. Unos eran personas que él conocía, otros, personas que habían oído hablar de él y que querían formar parte de aquel espectáculo. Otros eran habitantes de Eldora, que querían visitar aquel trozo de historia local y por último, estaban los que simplemente querían pasar una noche en un hotel de primera clase. La inauguración ofrecería festejos durante dos semanas y aquello suponía, como mínimo, la colaboración de dos personas.

Aparte de los invitados, los archivos contenían información sobre sus empleados, pasados y presentes. A pesar de que no había querido mirar, no pudo evitarlo. Sobre todo cuando surgió el nombre de Allison Myer.

–Ha sido un error, Linden –susurró.

Aquella mujer parecía tener la pasta de una modelo. Provenía de una buena familia y había estudiado en los mejores colegios. Inteligente, hermosa, sofisticada, Allison había sido la pareja perfecta para Logan. Aquella había sido la mujer en la que sus tíos habían querido transformarla, la princesa que James había tenido en mente. La mujer que ella se negaba a ser. Y tenía que sustituirla.

–De acuerdo, respira profundamente –se ordenó Rebecca, que estaba sentada encima de la cama, vestida con vaqueros y una camisa blanca y con los pies descalzos–. Eres capaz de hacerlo.

Y lo haría. Aquella vez, permitiría que se llevara a cabo la transformación. Porque Logan le estaba pagando por hacerlo y también porque él necesitaba que fuera la sustituta de Allison y porque solo tendría que hacerlo durante un breve espacio de tiempo. Sería como aguantar la respiración bajo el agua. Era posible mientras no fuera por demasiado tiempo.

También era posible guardar las distancias emocionales con Logan. Cualquier mujer que se implicara como un hombre como él, estaba pidiendo que le rompieran el corazón. Sus necesidades eran completamente diferentes a las de él y, además, sabía que su nombre no estaría escrito para siempre en su corazón. Rebecca nunca se implicaba en aquel tipo de emociones. El precio era demasiado alto. Si era lista, sujetaría bien fuerte las riendas de la pasión que pudiera surgir entre ellos.

–A pesar de que Logan hace que una mujer desee soltar las riendas –admitió ella, bajándose de la cama–. Pero eso no es ningún problema para mí. No ocurrirá nada. Cuando pasen estas pocas semanas, voy a empezar a pensar en encontrar el hombre adecuado para mí, uno con el que me pueda sentir cómoda y que solo desee los sencillos placeres de tener un hogar y una familia, que no se deje llevar por oleadas repentinas de deseo, que no me haga sentir la necesidad embriagadora de correr con él a los bosques para rasgarle la ropa. Tal vez, cuando termine este, pediré otro trabajo de voluntaria. Tal vez haya todavía alguien que necesite ayuda durante julio y agosto. ¿Quién sabe? Tal vez conozca al hombre de mis sueños. Todo será como yo he imaginado, tranquilo, manejable.

Aquellas palabras la tranquilizaron, al menos un poco. Todo lo que tenía que hacer era demostrar que podía sustituir a la mujer que Logan había querido a su lado. Resultaba evidente que aquel hotel, su décimo, significaba mucho para él y ella haría lo posible por hacer muy bien su trabajo. Por eso, se acercó al armario y eligió un vestido color crema con un profundo escote. Se lo puso y completó su atuendo con una sencilla cadena de oro y unos aros del mismo metal en las orejas. Luego, se calzó los zapatos y se recogió el pelo con un pasador.

La mujer que la miró desde el espejo era adecuada para representar aquel papel. Su fría apariencia había sido lo que había hecho creer a sus tíos que no tenía sentimientos, que no le importaba que pensaran que le faltaba clase. Por aquella apariencia, James había pensado que era la mujer perfecta, la que había estado buscando toda su vida y por la que los hombres la consideraban un desafío.

–Pero, por ahora, pareces perfecta para tu papel. Veamos si puedes llevarlo a cabo sin cometer errores.

Encontró a Logan en el jardín, donde él le había dicho que la estaría esperando. El traje negro y la camisa blanca que llevaba puestos le daban un aire austero, pero cuando la miró, lo hizo con afecto y admiración.

–Estás preciosa, Rebecca.

–Gracias –respondió ella, intentando ocultar el efecto que producían en ella aquellas palabras–. He pensado que tal vez podríamos hacer como si fuéramos nuestros invitados para ayudarme a recordar algo sobre cada uno de ellos.

–¿Es así como memorizas los nombres de los alumnos del colegio?

–Me acuerdo de algunos de ellos porque sus profesores los mandan a la secretaría por haber hecho algo bueno, o malo. Algunos de ellos necesitan tanto que se les recuerde que no me cuesta ningún trabajo. Sin embargo, con otros, tienes razón. Tengo que practicar para recordar sus caras, nombres y voces. Siempre merece la pena hacerlo. Los niños responden mejor cuando saben que te importan lo suficiente como para prestarles atención.

–Estoy seguro de ello. Y también estoy seguro de que les haces sentirse muy... necesarios e importantes. Es por quien eres, por lo que haces...

–Ahora, quien soy es tu ayudante –dijo ella, cambiando de tema. Recordó que a Logan no le gustaba hablar de niños–. ¿Por dónde empezamos?

–Tal vez por la parte de abajo. Por las salas principales. No te he mostrado más que el comedor y el vestíbulo.

Logan la llevó a través de un solárium, lleno de plantas y de acogedores rincones para sentarse y a través de las cocinas, donde él le presentó a los empleados que ya habían empezado a trabajar.

–Hola, Jarvis –le dijo al cocinero jefe–. Te he traído un tesoro. Le encanta comer –le confió Logan.

–Así es –confesó Rebecca, sonrojándose–. Y todo lo que se me ha servido hasta ahora ha estado delicioso.

–No lo suficiente –replicó el hombre, sacudiendo la cabeza–. Es usted muy hermosa, pero no está todo lo rellenita que debería. Mañana le prepararé algo especial, señorita Linden.

–Rebecca –dijo ella–. Y por favor, ya te has ganado mi corazón con ese pastel de chocolate de anoche. Si te esforzaras aún más, no dejaría nunca de comer.

–Cocinar para ti será una delicia, Rebecca. Mañana haré mi *crème brûlée* especial.

Cuando se alejaron unos pasos, Logan le comentó, riendo:

–Eres muy astuta. Te acabas de ganar el corazón de Jarvis para siempre. De ahora en adelante, será capaz de cocinar la luna y las estrellas solo porque tú se lo pidas.

–Fuiste tú quien le dijo que comía mucho.

–Solo que apreciabas sus esfuerzos. Además, tiene razón. Estás muy delgada y es un placer verte comer.

Aquellas palabras afectaron profundamente a Rebecca, pero ella luchó por controlar sus sentimientos. Concentró su atención en los huéspedes que iban a llegar muy pronto, de los que ella necesitaba conocer mucho más.

–De acuerdo, imaginémosnos que tú eres Gerald Vanna –dijo ella–. Tengo entendido que le gusta jugar al billar, señor Vanna. Es una suerte que dispongamos de una excelente mesa de billar aquí en el Oaks. Por favor, permítame que se la muestre.

–¿Una excelente mesa de billar? Vaya, vaya, eso es casi tan bueno como una excelente mujer –replicó Logan, poniéndose en su papel–. Un hombre sería un completo idiota si rechazara una invitación como esa, ¿no le parece? Adelante, señorita Linden. ¿Juega usted?

–No muy a menudo, pero sí. He jugado un par de veces. Tal vez tenga que refrescarme la memoria un poco para que yo recuerde las reglas. Por aquí, por favor.

Mientras iban andando, charlando, llegaron a la sala de juegos. Logan le abrió la puerta. La sala estaba muy bien equipada y era muy espaciosa, pero a la vez resultaba agradable y acogedora. De repente, Rebecca fue consciente de que estaba a solas con Logan. Sin embargo, no se arredró. Dio un paso adelante y tomó un taco.

–¿Jugamos, señor Vanna?

–¿Está segura de que no ha jugado con mucha frecuencia, señorita Linden?

–Hace unos cuantos años, pero no demasiados. No querrá que le deje ganar así como así, ¿verdad? No cuando he oído que tiene una magnífica reputación en el juego.

–Efectivamente, tiene una reputación magnífica, Rebecca, pero si le miras de ese modo, se va a pensar que estás hablando de otra cosa que no es el juego.

–Yo... no tenía la intención de...

–Ya sé que no y cualquier otro hombre hubiera pensado lo mismo, pero Gerald Vanna es famoso también por otras cosas. No estaba en mis archivos, aunque debería estarlo para proteger a mis ayudantes. Ese hombre cree que las mujeres se vuelven locas por él.

–Bueno, pues, en ese caso, tendré que dejarle muy claro que a mí solo me interesa el juego, ¿no te parece?

Tras colocar el taco, Rebecca dio el primer golpe. Cuando las bolas se dispersaron, dos de ellas cayeron limpiamente en dos agujeros.

Logan la miraba muy interesado. Resultaba evidente que aquella mujer había tenido antes un taco de billar entre las manos. Tenía talento para el juego y le gustaba tanto que le hacía olvidar su papel.

Logan también jugaba aceptablemente. Sin embargo, disfrutó principalmente mirándola. La intensidad con la que ella vivía el juego era encantadora.

Cuando, finalmente, hizo desaparecer la última bola, dijo:

–He ganado yo, señor Vanna.

Sin poder evitarlo, dio un paso al frente y, tras colocarle una mano en la nuca, la besó.

–Efectivamente, Rebecca –afirmó él.

Luego, volvió a besarla otra vez, estrechándola contra su cuerpo, saboreando lo que había deseado saborear desde el primer momento en que la había visto. Ella gimió y, tras un suspiro, se entregó de nuevo a él, dándole mucho más de lo que él buscaba.

Se apoyó contra él, temblando, encajándose con él hasta que no quedó espacio entre ellos. Logan saboreó, deslizó sus labios sobre los de ella, mordisqueó, profundizó la intensidad de aquel abrazo...

La mesa estaba allí. Podría levantarla, poseerla ahí mismo y saciar de una vez por todas su sed. De repente, se dio cuenta de que estaría cometiendo un ultraje contra aquella dama. El fuego que había ardido se heló. La soltó suavemente. No quería implicarse de aquel modo, ni siquiera con una mujer que jugaba al billar de aquel modo y tenía un cuerpo y un rostro que incitaban al amor.

Ella lo miraba, casi tambaleándose, como si fuera víctima de una conmoción, como si nunca la hubieran besado antes.

–Me alegro de que no fueras Gerald Vanna –dijo ella, consiguiendo esbozar una temblorosa sonrisa.

–No estoy seguro de que Gerald Vanna se hubiera comportado de ese modo. Mis disculpas, Rebecca.

–Estabas... estabas felicitándome por mi victoria –dijo ella, intentando darle una salida.

–No, estaba yendo más allá de lo debido, tomando lo que no se me había ofrecido –replicó él–. No suelo hacerlo y no volveré a hacerlo. Jamás.

–Tal vez no deberíamos jugar al billar juntos.

–Tal vez tú y yo no deberíamos estar a menos de quince kilómetros de distancia, Rebecca. Pero no es así y no hay modo de cambiar esta situación. Así que, de ahora en adelante, tendré... más cuidado.

–Yo también –prometió ella–. Creo que con eso bastará, ¿no te parece? Después de todo, no puede ocurrir nada si nosotros no queremos.

Más tarde, Logan pensó que aquel era exactamente el problema. Él había querido que ocurriera algo entre ellos y lo seguía deseando. Sin embargo, también había deseado muchas otras cosas en su vida y no había sucumbido bajo deseos imposibles. De niño, había deseado una madre que le diera abrazos en vez de pegarle. Luego, cuando era un niño de la calle, había anhelado entablar lazos, pero enseguida se había dado cuenta de que le iba mejor cuando no los tenía, cuando tenía una puerta por la que escapar. Era hora de recordar las lecciones que le había dado la vida y aprender a pasar sin algunas cosas, como tocar a Rebecca, como desearla.

Podría conseguirlo. Tal vez hiciera falta mucho esfuerzo, pero estaba dispuesto a lo que hiciera falta. La alternativa, es decir, empezar una historia con una mujer que quería conseguir las agobiantes ataduras del sueño americano, no era posible para un hombre como él.

Capítulo 5

LOGAN decidió, dos días más tarde, que Rebecca era un tesoro. Iba corriendo de un lado a otro, estudiando todos los detalles de cómo se dirigía un hotel, hablando con todos los empleados para aprender cómo funcionaban las cosas, repasando los planes que Allison había hecho para la inauguración. Cada vez que se daba la vuelta, Logan la veía de aquí para allá, con aquellos hermosos ojos de color violeta llenos de concentración, haciendo preguntas mientras iba realizando sus tareas y convirtiendo el caos en orden.

–Deberías estar agradecido, Brewster –murmuró Logan, para sí mismo, pasándose una mano por el cabello.

Y así era. Aquel hotel representaba para él lo mucho que había progresado desde que salió de la calle. Aquel era el más importante para él. Había buscado a alguien que se entregara a aquella tarea tal y como Rebecca lo estaba haciendo. Solo faltaban seis días para la inauguración y debería estar besándole los pies a aquella mujer. En vez de eso, lo que estaba haciendo era mantenerse alejado de ella, tanto como le era posible. Tenía miedo de perder el control y volver a tocarla. Lo que estaba haciendo era preocuparse mucho por ella. Preguntaba a Jarvis si comía bien y a Pete, que se encargaba del gimnasio, si sacaba suficiente tiempo libre como para relajarse y hacer algo de ejercicio.

Lo que le decían no le agradaba. Rebecca se estaba encargando del hotel, pero él no se estaba ocupando de ella como debiera, o por lo menos no como él quería. Sin embargo, aquello iba a cambiar, a pesar de lo mucho que le costaba mantenerse alejado de sus labios.

Como para añadirle más preocupaciones, Logan se encontró a una pálida joven, que avanzaba lentamente por el pasillo. Era una de las doncellas, que había empezado a trabajar la semana anterior.

–¿Terry? ¿Te encuentras bien?

–Iba a ir a buscarlo, señor Brewster –replicó la muchacha, con voz temblorosa–. No me encuentro muy bien. Pensaba que me encontraría lo suficientemente bien como para trabajar, pero estaba haciendo la cama de la señorita Linden y me sentí tan mareada que creí que me iba a desmayar. Ella me hizo tumbarme y me dijo que me fuera a casa. Pero solo llevo aquí dos semanas... No es la manera en la que quería empezar...

–Si estás enferma, deberías estar en cama. Haré que alguien llame a tu familia para que te lleve a casa. Y no te preocupes por el trabajo. Yo me encargaré de que lo haga otra persona. Hoy nos arreglaremos así y mañana haré que la agencia me envíe una sustituta. Estoy seguro de que a la señorita Linden no le importará esperar un poco para que le arreglen la habitación.

–Eso fue lo que me dijo ella, señor Brewster. Me dijo que no me preocupara, que todo se arreglaría.

Me dio la sensación de que iba a ponerse a limpiar ella misma. Y eso no estaría bien, señor Brewster. No creo que ella deba hacer mi trabajo.

–No te preocupes por nada, Terry –dijo Logan, imaginándose que Rebecca era capaz de eso–. Vete a casa y descansa. Voy a llamar a Dave para que te recoja en la puerta principal con un coche.

Logan tenía la intención de ver también lo que estaba haciendo Rebecca. La encontró unos minutos más tarde, vestida con unos vaqueros recortados y una raída camiseta roja, pasando un plumero por la cómoda de su habitación. Estaba tarareando algo, cosa que solía hacer con frecuencia, y su perfecto trasero se meneaba al ritmo de su canción. La puerta de su habitación estaba abierta y el carrito de la doncella estaba fuera.

No pudo evitar sonreír cuando ella se detuvo de repente y se dio la vuelta, con una expresión de culpa en el rostro. Entonces, abrió la boca para hablar, pero él levantó una mano para impedírselo.

–Ya he hablado con Terry, pero tú no tenías por qué ponerte a hacer este trabajo, Rebecca. Tengo otras doncellas que la hubieran sustituido y les hubiera pagado por el trabajo extra. De hecho, todavía lo haré. Tú no puede encargarte de todo el trabajo de Terry.

–Lo sé, pero no me parecía bien sentarme como una señorona, esperando que alguien viniera a limpiarme la habitación. No me importa hacerlo ya que yo me encargo de la limpieza en mi casa, Logan.

–Sabía que eras esa clase de mujer. Probablemente, te encanta perseguir al polvo.

–Bueno, efectivamente sé qué lado del plumero

hay que utilizar y, algunas veces, sí, me gusta. Me da tiempo para pensar.

–¿Sobre qué?

Aquella pregunta la sorprendió. Rebecca levantó la barbilla y se sonrojó. A Logan se le ocurrieron millones de cosas que pudieran haber causado aquella reacción. Tal vez recordaba el beso que habían compartido. Efectivamente, a él le había estado turbando los pensamientos en los momentos más inapropiados. O tal vez, ella estaba pensando sobre algo que no era asunto de él, como un momento del pasado, un deseo íntimo. O cómo otro hombre la tomaba entre sus brazos.

Logan sabía que, si hubiera sido listo, habría salido de aquella habitación en aquel momento. Pero no podía serlo. Había acudido allí a apartar a Caperucita Roja de sus buenas acciones durante un tiempo. Estaba seguro de que, si la dejaba allí, la encontraría más tarde puliendo el mármol del vestíbulo.

–Venga –dijo él, extendiendo la mano.

Ella se quedó quieta, mirándole la mano como si creyera que él estaba pensando tocarla, acariciarla o volver a besarla. Y, efectivamente, así era, pero Logan no iba a hacer ninguna de esas cosas.

–¿Es que no vas a venir? –preguntó él.

–¿Adónde?

–No voy a llevarte a mi harén, Rebecca. Al menos, hoy no. Tengo un pequeño problema. Me parece que mi ayudante no se está tomando el suficiente tiempo libre.

–No recuerdo haber leído nada sobre que tuviera que tomarme tiempo libre en mi contrato.

–Es algo tácito, verbal.

–El hotel se abre al público dentro de seis días. No tengo tiempo de nada de eso.

–Mira, es algo que tienes que hacer. Es uno de mis requerimientos.

–No está por escrito.

–Podría ponerlo por escrito.

–Logan –dijo ella, extendiendo las manos–, no sé si te lo he dicho, pero estoy un poco nerviosa por esta inauguración. Soy secretaria de un colegio y no tengo la experiencia que una mujer debería tener para que todo esto vaya sobre ruedas. No es que no lo intente y que no vaya a hacer todo lo que está en mi mano para que sea un éxito, lo que incluye limpiar habitaciones siempre que sea necesario. Tengo que trabajar, no puedo ir por ahí a divertirme.

Efectivamente, a pesar de su habitual compostura, parecía nerviosa. Y él, que hubiera debido estar ayudándola, había huido de ella porque no podía confiar que fuera a comportarse como un caballero. Sin embargo, ya no lo iba a hacer más. No iba a seguir dejando que ella pensara que estaba sola en todo aquello.

–Venga... Estarás perfecta, Rebecca. Has hecho maravillas en el tiempo que llevas aquí. Todo marcha lo bien que se puede esperar cuando falta tan poco para la inauguración. Incluso mejor de lo que es habitual. El personal está tranquilo, feliz, y todo por ti. Estás haciendo todo lo que yo esperaba y más. Así que venga, vayámonos. Voy a llevarte a dar un paseo bien merecido.

–Me contrataste para hacer un trabajo, Logan –dijo ella, frunciendo el ceño–. Por favor, permíteme que lo haga. Necesito mantenerme ocupada –añadió, dándose la vuelta para limpiar un poco más de polvo de una mesa.

–De acuerdo. No te daré tiempo libre, pero me temo que, a pesar de todo, voy a tener que sacarte del hotel hoy. El pianista que Allison había contratado para el concierto del viernes ha tenido que cancelar. Tengo una reunión en la ciudad con un tal señor Grady Barron para que me presente algunos talentos musicales. No había pensado en pedirte esto, pero dado que tienes necesidad de no dejar de trabajar, espero que me ayudes. ¿Conoces a algún músico local?

Logan no estaba dispuesto a dejarla allí sola. Si lo hacía, ella podría trabajar hasta caer exhausta.

–No muy bien, pero conozco a Grady.

–Entonces, ¿a qué estás esperando? –preguntó él, tomándole de la mano.

Cuando la tocó, vio que el pulso empezaba a latirle más rápido en la base del cuello. Sintió de nuevo la necesidad de acariciarle la piel con los labios, de saborearla. Sin embargo, con gran dificultad, logró controlarlo. Entonces, ella retiró la mano.

–En ese caso, si tenemos que trabajar, es mejor que nos vayamos. Déjame que termine con esto –afirmó ella, mirando a su alrededor.

–Yo te ayudaré a hacer la cama.

–Puedo hacerla yo sola –insistió ella, sonrojándose de nuevo.

En ese momento, Logan se dio cuenta de que había puesto las manos justo en el lugar en el que ella había estado tumbada la noche anterior. Miró los turbados ojos de Rebecca y enseguida ella cubrió el lugar con la colcha, que él remetió inmediatamente por debajo del colchón, intentando olvidarse de lo que había estado pensando.

–Siempre intento aprender yo antes los trabajos para los que contrato a la gente. Además, a lo largo de mi vida, he hecho muchas camas.

–Me dijiste que tenías debilidad por las camas...

–Ahora estamos solo haciéndola, no metiéndonos en ella, Rebecca –replicó él, riendo–. No estoy planeando meterte entre las sábanas, especialmente no cuando la puerta está abierta.

–¿No añadiría eso cierta chispa a la reputación de tus hoteles? Podrías anunciar que has probado las camas de tus hoteles de todas las maneras posibles –replicó ella, a pesar de haberse sonrojado aún más.

–Eres una mujer malvada, Rebecca –dijo Logan, sonriendo.

–Y muy limpia también –añadió ella, alisando la última arruga que había sobre la colcha. Luego miró a su alrededor.

–Alguien se encargará de todo lo demás, Rebecca. Natalie recibirá una buena compensación. Probablemente ya viene de camino.

–Debería cambiarme –afirmó Rebecca–. Y tú deberías marcharte. Eso, si vamos a ir a visitar a Grady.

«Y si no queremos que nos sorprenda una empleada, mirándonos a los ojos por encima de una cama», pensó Logan, sabiendo lo que se estaba imaginando ella.

–Diez minutos. Y si te acercas a ese plumero o al suelo del cuarto de baño, te prometo que voy a venir para llevarte a rastras. No te contraté para limpiar habitaciones, Rebecca. Aunque tengas experiencia, Natalie necesita el trabajo. Le vendrá muy bien el dinero extra. Tiene tres hijos a los que alimentar.

En aquel momento, sintió haber hablado de aquella manera. Muy alicaída, estaba mirando a la cama, por eso Logan, de un rápido gesto, retiró la colcha.

–De acuerdo. ¿Estás contenta? –preguntó–. Ya no les has quitado el pan a unos niños pequeños.

–¿Vas a pagarla por un trabajo que ya está hecho? –preguntó ella, incrédula.

–Si no cambias de tema, voy a volverme loco, Rebecca. Ve a cambiarte. Cuando volvamos, todo habrá vuelto a la normalidad. Tanto Natalie como Terry estarán bien.

Sin embargo, en cuanto a sí mismo, Logan se dio cuenta de que Rebecca estaba alterando su cordura, su sueño y su libido. El lobo que había dentro de él la deseaba increíblemente. Ansiaba su cuerpo, su belleza, su dulzura... y más. La situación se estaba haciendo insoportable, pero lo peor de todo era que no tenía posibilidad de tenerla. Aquella mujer se iba a marchar sin sus caricias, tal y como había llegado.

Tras dejar la tienda de música de Grady Barron, Rebecca tuvo que admitir que se alegraba de que Logan le hubiera pedido que lo acompañara.

No le había pasado desapercibido que él había aparcado a varias manzanas de distancia para que fueran dando un paseo, admirando las flores del parque e incluso deteniéndose en un café para tomar un refresco. Estaba cuidándola de la misma manera que cuidaba de todos sus empleados. Rebecca sabía que había estado haciendo preguntas sobre ella y le estaba agradecida. Pero aquella no era la única razón por la que se alegraba de haberlo acompañado.

La verdad era que le encantaba el Oaks, pero era tan de cuento de hadas que, entre sus paredes, una persona tenía la sensación de que cualquier cosa podría ocurrir. Allí podía olvidarse de quién y lo que realmente era pero, en el mundo exterior, la realidad le devolvía la perspectiva. Aquello era precisamente lo que necesitaba en lo que se refería a Logan. Era un hombre rico, que salía con mujeres sofisticadas, que encajaban con su estilo de vida, mujeres que no tenían que cambiar ni formarse... Al lado de aquella cama, durante un segundo, Rebecca había estado a punto de perder la perspectiva. Había deseado que él volviera a besarla.

–Bueno, a ver si me entero –decía Logan–. Vinimos aquí a ver si podíamos encontrar un pianista para el día de la inauguración y nos marchamos no solo con un pianista, sino también con una arpista, un cuarteto de cuerda, un grupo de bailarines de danzas irlandesas, una compañía de teatro shakesperiano y un gaitero.

–¿Crees que me he excedido?

–Cielo, creo que tu idea de tener personas actuando por todos los rincones del hotel ha sido maravillosa. ¿Confías en que Grady haya sido sincero sobre las habilidades de todas esas personas?

–¿Tú no? Creía que tenías una cita con él.

–Claro, porque era la única fuente de ayuda que tenía a mano, pero confío más en ti. Te conozco a ti mejor de lo que conozco a ese hombre.

Rebecca pensó que a ella casi no la conocía. Se

preguntó cuántas personas habían entrado y salido de la vida de Logan a lo largo de los años. Era un nómada muy rico y, con toda seguridad, nunca permitía tener muchos lazos de unión con nadie.

–Grady sabe de lo que está hablando. Ha dedicado su vida a la música –dijo ella solemnemente.

–Entonces, lo conoces bien –replicó él, algo molesto por aquella seguridad.

–Lo conocí cuando el colegio necesitaba un nuevo piano para la sala de música. Me sorprendió practicando a escondidas en un viejo piano vertical que llevaba allí desde siempre. Podríamos decir que Grady fue mi consejero en la música. No sé mucho, pero él algunas veces me invita a su tienda a tomar una taza de té y me deja que lo convenza para que me permita tocar el viejo piano de cola que tiene en la trastienda. Me encanta. Él se encargará de que solo tengamos lo mejor, Logan. ¿Qué te pasa? –preguntó ella, al ver que él no respondía y que tenía el ceño fruncido–. Te prometo que Grady sabe lo que está haciendo, Logan. De verdad.

–Calla, cielo –dijo él colocándole dos dedos sobre los labios–. No pasa nada. Tengo una fe absoluta en ti y en tu Grady. Era solo que... Rebecca, ¿por qué no me dijiste que amas tanto la música? Sé que cantas. Te he oído, pero nunca te has puesto a tocar el piano que hay en el vestíbulo. Te aseguro que es muy buen instrumento.

–Por si no te has dado cuenta, Logan –dijo ella, sobreponiéndose a la suave caricia de aquel dedo antes de que él apartara la mano–, lo que tienes en el vestíbulo es un piano de cola para conciertos.

–Sí, ¿y qué problema tienes tú con eso?

–Yo tonteo un poco con el piano, por eso no pienso tocar algo tan magnífico.

–El piano está ahí para que se toque música con él, Rebecca. No se alojan en mis hoteles tantos concertistas de piano. Por favor, hazme el honor de utilizarlo. Te relajará –añadió él, casi rozándole la oreja con los labios–. Te dará tiempo para pensar sin que tengas que ponerte a hacer las labores de las doncellas.

–Tus orejas no te darán las gracias por lo que acabas de hacer, Brewster.

–¿Te gusta tocar?

–Sí, claro.

–Entonces, acabo de enmendar tu contrato para incluir que practiques al piano todos los días. ¿Quién sabe cuándo perderé otro músico y necesitaré una sustituta?

–¿Estás poniendo algo más en mi contrato? ¿Es que puedes hacer eso?

–Yo soy el jefe –dijo él, con una amplia sonrisa–. No creas que estoy cometiendo un acto ilegal.

–En ese caso, practicaré, pero te aviso. Es mejor que reces para que nunca necesites que yo toque en público.

Si aquello ocurría, Logan se daría cuenta de que no estaba muy cualificada y no quería desilusionarlo. Aquel pensamiento le molestó. Se enorgullecía de su trabajo bien hecho, pero ya no formaba parte de su vida tener la aprobación de los demás. Además, en aquella situación, estaba totalmente fuera de lugar.

–Gracias, Rebecca. Y por favor no pienses que te obligo a hacerlo. Solo quiero que te tomes algún tiempo para descansar de vez en cuando. No tengo la intención de obligarte a tocar el piano. Bueno, vamos a comer. Jarvis pedirá mi cabeza si pierdes un solo kilo.

–¿Jarvis? Ya me había parecido que le habías pedido al pobre hombre que vigilara lo que yo comía.

–¿Yo?

–Tú. ¿Hay alguna razón en particular por la que creas preciso que me supervisen lo que como?

–Solo estoy haciendo mi trabajo, Rebecca.

–¿Haces eso con todos los empleados?

–Solo con los que no saben cuándo deben tomarse un respiro. Con los que comen de pie.

–Eso solo lo he hecho un día. Estaba muy ocupada.

–Bueno –dijo él, tomándola del brazo para llevarla al restaurante que había al otro lado de la calle–. Espero que, de ahora en adelante, comas bien.

–Soy una mujer adulta, Logan. ¿Está esto también en mi contrato?

–No debería haberte fastidiado tanto con lo del contrato. Ni siquiera de broma. Y sé perfectamente que eres una mujer adulta. Demasiado lo sé... –añadió, mirándole los hermosos labios–. Sé que piensas que el dinero que he pagado por tus servicios me da derecho a tener una empleada de veinticuatro horas al día, pero te equivocas. No tienes que demostrarme nada. Estás haciendo un magnífico trabajo. Solo... cuídate, por favor. Tienes que cuidarte mejor –repitió.

–Eres tan amable con tus empleados, Logan...

–Puedo ser mejor –le prometió él, controlándose para no tomarla entre sus brazos–, pero tienes que sentarte cuando comes. Jarvis estuvo a punto de marcharse. Me dijo que nadie se tomaba lo que él cocinaba de pie. Recuérdalo, ¿de acuerdo, Rebecca?

–Tú eres el jefe. Y muy bueno. Todas las personas que trabajan para ti se consideran afortunadas. Te preocupas por ellas. A pesar del enorme número de personas que se necesitan para hacer funcionar un hotel, conoces el nombre de todas y cada una de ellas. Incluso puedes distinguir a Jed y a Evan a pesar de que tienen el mismo trabajo y son prácticamente idénticos. Algunos jefes no serían de esa manera.

–Algunos jefes son tontos. Eso no es tan importante, Rebecca. Cada persona que trabaja para mí es única, importante y se merece respeto y cariño. Y el nombre de un hombre o de una mujer es su identidad. Importa y mucho. Nevará en los trópicos antes de que yo no llame a cada persona por su nombre o lo haga sin respeto.

De repente, Logan se dio cuenta de que había cometido un error al ver el modo en que ella lo miraba. Había revelado demasiado de sí mismo, se había abierto con Rebecca de un modo en el que nunca lo había hecho con nadie. Tenía que tener más cuidado si quería mantener las distancias. Sin embargo, los brillantes ojos de Rebecca eran letales. Su ternura había abierto una grieta en la armadura que Logan llevaba puesta, grieta que tenía que cerrar.

–Bueno, vamos a comer antes de que volvamos al hotel.

–¿Siguiendo las órdenes de Jarvis? –preguntó ella, con una sonrisa.

–Alguien tiene que cuidarte. Casi no has salido

desde que fuiste a comprar con tus amigas, y de eso ya hace algunos días.

–Caroline estaba en la ciudad porque había decidido que su jefe, Gideon, tenía que conocer las delicias del helado y Emily quería jugar al tenis con Simon, el que la contrató. Ninguna teníamos mucho tiempo. Tengo cosas que hacer, en serio.

–A comer, en serio –insistió él, empujándola hasta el restaurante.

Sin embargo, nada podía ser tan sencillo. Antes de entrar, se encontraron con algunos de los alumnos del colegio de Rebecca, dos niños de unos once años y una niña muy pequeña. La rodearon tan rápidamente que Logan tuvo que dar un paso atrás.

–¡Eh, señorita Linden! ¿Es tan estupendo vivir en un hotel? Mi madre dice que tiene usted mucha suerte de ser una de las primeras personas en ver cómo está el Oaks.

–Es mucho mejor que estupendo, Kyle –respondió Rebecca–. Hay una piscina olímpica y lo tengo todo para mí sola.

–¡Vaya! ¿Has oído eso, Mindy? –le dijo el muchacho a la niñita que iba de la mano del otro chico–. ¡Una piscina entera para una persona sola!

–¿Cómo estás, Mindy? –preguntó Rebecca, arrodillándose delante de la pequeña. La niña inmediatamente se agarró al collar de Rebecca.

–Mindy, no hagas eso –le dijo el chico que la llevaba de la mano.

–No importa, Jack –replicó ella, riendo, mientras miraba a la niña con enorme placer. Cuando la tomó en brazos, a Logan le pareció que el rostro le brillaba de felicidad–. Tu hermanita solo va a echar un vistazo a mi collar –añadió, sonriendo a la niña, que sonrió a su vez, abrazándose al cuello de Rebecca.

Logan la estudió. Evidentemente, estaba en su elemento con aquellos niños. Aquella imagen le trajo recuerdos de otros días, de otros muchachos que nunca habían encontrado tanto cariño en un adulto.

Sin embargo, los adultos que él había conocido no habían sido como Rebecca.

Ella lo miró y él entendió enseguida que estaba intentando incluírle en la conversación. Logan negó con la cabeza, lo suficiente para que ella lo viera sin que los niños se dieran cuenta.

–¿Cómo va todo, Jack? –le preguntó ella al muchacho, decidida a darle a Logan el espacio que requería.

–Bien. Voy a ir a un colegio de verano, ¿sabes? No tuve muy buenas notas en matemáticas.

–Pero si trabajaste mucho –dijo ella, dejando a la niña en el suelo–. Y la señorita Hartman me mostró los dibujos que hiciste de la excursión al museo de ciencias. Eran muy bonitos, Jack.

–Ya le dibujaré algo, señorita –prometió el niño.

–Me encantaría. Tengo el dibujo que me hiciste de un cachorro enmarcado y colgado cerca de la puerta principal para que todo el mundo pueda verlo cuando entra.

–¿Y no en el frigorífico? –preguntó el chico, sonriendo.

–Bueno, ahí tengo otros. Es que me has hecho muchos, ¿sabes? –respondió ella, sonriendo también.

–¿Es él su jefe? –quiso saber el muchacho.

–Me llamo Logan Brewster –dijo él, obligándose a dar un paso al frente.

–Es una buena persona, Jack –comentó Rebecca, aunque Logan supo que el chico no la creyó.

–Mi padre dice que es usted rico y que los tipos ricos creen que pueden hacer lo que quieren. No... No se porte mal con ella –añadió el muchacho, soltando las palabras como si fuera a salir corriendo.

–Jack... –empezó Rebecca, pero Logan la interrumpió.

–Sería una tontería que yo la tratara mal, ¿no te parece, muchacho? En ese caso, ella se marcharía y se iría a trabajar a otra parte. Ella es su propia dueña y podría hacerlo –dijo Logan.

–Claro que podría –afirmó el chico. Entonces, como si se hubiera quedado satisfecho, tomó de nuevo de la mano a su hermana–. Vamos, Mindy. Kyle, Tenemos que irnos. Tenemos cosas que hacer.

–Que se divierta en la piscina, señorita Linden –dijo Kyle.

–Gracias, Kyle. Jack, ¿me traerás un dibujo?

–Algo especial –prometió el niño–. Ya lo pensaré.

Juntos, los tres chiquillos bajaron corriendo la calle, desapareciendo en la distancia.

–Gracias –comentó Rebecca.

–¿Por qué? ¿Por demostrar a un niño que no necesitas protección de tu jefe?

–No, estoy segura de que no creía que lo que dijo fuera cierto. Solo estaba imitando las palabras de un adulto.

Logan le tomó de la mano, a pesar de conocer los peligros de aquel gesto. Aquella mañana, le había costado mucho contener al lobo, por el aspecto maternal, tierno, que había visto en Rebecca.

–No subestimes al muchacho.

–No lo hago. Es muy listo, pero solo... Es demasiado serio. Sus padres son buenas personas, pero le exigen mucho. Están tan metidos en su trabajo y en sus dificultades financieras que acaban dándole a Jack más responsabilidad de la que tienen la mayor parte de los chicos de su edad. Algunas veces, eso interfiere en su progreso en el colegio, que es por lo que él y yo nos conocemos tan bien. Hay demasiados deseos de adulto en su vida para ser alguien tan joven.

–Así que tu trabajo es conseguir que sonría.

–Tal vez y, algunas veces, ayudarle a ser un niño. Pero no es un trabajo, es...

–Eres una como una madre.

–¿Tanto se me nota?

–¿Que quieres llevártelos a todos a casa? Un poco.

–Me llegan al corazón, especialmente Jack. Se esfuerza tanto por ser perfecto... No creo que sus padres quieran que se sienta incómodo. Solo quieren que tenga una vida mejor que ellos, pero eso a veces significa que quieren cambiarlo, convertirlo en alguien que él teme que nunca será. Yo sé algo sobre ese tema.

–¿El qué, Rebecca?

–Viví con mis tíos después de que mis padres murieran. Ellos querían una hija, pero también querían una hija que se acomodara a sus gustos. Y yo no era así, así que hicieron todo lo posible por transformarme.

Logan se dio cuenta de que aquello era lo mismo

que él estaba haciendo. Le había pedido que cambiara para adaptarse a lo que él esperaba.

–Esta vez es diferente –dijo ella, como si supiera lo que él estaba pensando–. Esta vez soy mayor. Es un trabajo, que sé que es temporal. Y esta vez tengo la edad suficiente para haber tomado decisiones en mi vida. Sé exactamente lo que soy y lo que quiero.

Era Rebecca Linden, una mujer nacida para ser madre. Inocente, orgullosa y encantadora. Además, era todo lo que él no podía tener. A partir de entonces, Logan iba a concentrarse en lo que se había estado concentrando mucho tiempo. En aquella inauguración, en su trayectoria profesional... En las cosas que habían hecho que su vida fuera diferente, las que lo habían salvado. Todo lo demás, era solo una distracción... Un peligro.

Capítulo 6

DURANTE días, Rebecca había estado preocupándose sobre la ya cercana inauguración del hotel, preocupándose de que las cosas no salieran como habían planeado, de que ella no fuera todo lo que se esperaba de ella. Sin embargo, aquella noche, tuvo que admitir que buena parte de su preocupación se centraba en Logan.

–Es solo un hombre, Rebecca –se decía, a pesar de que sabía que no era cierto.

Era un hombre que la deshacía por dentro, que había construido un imperio de la nada y que, sin embargo, se preocupaba de todos sus empleados, conocía todos los nombres y se interesaba por su bienestar. Estaba muy incómodo en compañía de niños y, no obstante, aquella tarde había hecho todo lo posible por tranquilizar a Jack.

Era solo un hombre y, sin embargo, no lo era. Era el hombre que había sido el combustible de la energía incansable de la que últimamente disponía, la razón principal de la necesidad que tenía por hacerlo bien. Sabía que aquel décimo hotel significaba mucho para él y quería hacer todo lo posible porque todo saliera bien. Logan era la causa de sus ardientes sueños. El recuerdo de los labios de él sobre los suyos la hizo temblar.

Todo aquello era una locura. Sabía perfectamente que todos aquellos deseos no se cumplirían. No podía permitir que su corazón anhelara tanto a un hombre que era, evidentemente, tan poco adecuado para ella. Entonces, se convertiría en alguien como James, deseando lo inalcanzable, permitiendo que sus sentimientos se llevaran lo mejor de ella, dejando que un sueño le arruinara la vida.

–En ese caso, no seas como él, Rebecca –se dijo, bajándose de la cama para ponerse las zapatillas y un quimono rojo–. Logan tal vez sea único entre un millón, pero no va a ser tu héroe, así que deja de soñar y ponte a pensar en lo que debes.

Así lo haría. Haría algo positivo justo en aquel momento. Llamaría a Deb Lerringer y le preguntaría si alguien se había marchado de la subasta necesitando a un voluntario. A pesar de que eran más de las diez, Deb estaría despierta. Rebecca creía que, si se concentraba en su siguiente trabajo, podría recuperar algo de sentido común.

–Y entonces, tal vez... una película, Rebecca. Si estás buscando un héroe, es mejor que te asegures que es de ficción.

Hizo su llamada y Deb le prometió que repasaría las posibilidades. Entonces, fue a la pequeña sala de proyección que tenía el hotel para buscar su héroe de ficción.

–Logan tenía razón –murmuró–. Tienes que relajarte un poco. Todo lo que una mujer necesita algunas noches es un vaso de leche caliente, una almohada blandita y una buena película.

Aquello ayudaría a hacer desaparecer aquellos pensamientos sobre Logan que no dejaban de acosarla. Finalmente, había encontrado la solución más sencilla.

Era más de medianoche cuando Logan salió a dar un paseo por el hotel. No es que estuviera preocupado por la seguridad del hotel, sino más bien la necesidad de saber que todo iba bien. Después de todo, aquella era su casa. Por el momento.

Además, aquella noche no podía dormir. Y sabía perfectamente por qué. Rebecca estaba afectándole de un modo que no iba a desaparecer fácilmente. No solo era la necesidad de tocarla, sino la ternura, el entusiasmo que ponía en todo. De niña, había sido herida y humillada y estaba decidida a proteger al resto de los niños de aquel mismo destino, al igual que conseguir que la inauguración del hotel fuera un éxito. Aquella mujer era sorprendente, atractiva. Era ella la causa de que estuviera vagabundeando por su propio hotel, buscando un poco de paz.

–Mientras solo sea eso lo que estás buscando, Brewster, no vamos mal. Manténte alejado de la planta en la que está su habitación. No vayas cerca de su puerta, de su sonrisa. Y, por supuesto, no vayas cerca de esas largas piernas y deliciosas curvas.

Lo que tenía que hacer era contenerse. Cuando regresaban al hotel, Rebecca había estado muy pensativa. Se había encargado de unos paquetes informativos que había preparado para los huéspedes y luego había desaparecido. Incluso había hecho que Jarvis le enviara la cena a la habitación.

Logan estaba más que preocupado. Aquel día la había obligado a salir cuando ella no quería. Se había escondido y él se sentía como si quisiera pegar a alguien.

–Empieza por ti mismo, Brewster. Tú fuiste el que no tuvo en cuenta sus deseos.

Efectivamente, había hecho lo mismo que sus tíos. Tendría suerte si no se marchaba dejando el trabajo a medias. Y todo sería culpa de él, por eso le debía una disculpa. Necesitaba dársela en aquellos momentos. Deseaba tomarla entre sus brazos y prometerle que haría lo que ella quisiera sin protestar.

Sin embargo, pensó que sería mejor no subir a su planta, ni entrar en su habitación. La necesidad que tenía de tocarla podía volverse contra él.

–Sigue andando, amigo –se decía, mientras bajaba las escaleras–. Sigue andando...

De repente, un rayo de luz le llamó la atención. La puerta de la sala de proyección estaba cerrada, pero había alguien dentro. Y no era una persona cualquiera. Era Rebecca.

Probablemente, como a él, le estaba costando dormir. Sabía que sería un error acercarse a aquella puerta, pero ella había bajado a su territorio y Logan necesitaba verla para asegurarse de que todo iba bien. Logan se acercó a la puerta, giró el pomo y entró.

Estaba llorando. Abundantes lágrimas le rodaban por las mejillas. Tenía una caja de pañuelos de papel en la mano. El pelo le caía sobre los ojos. Aferrada a una almohada y vestida con un quimono rojo, no dejaba de sollozar.

–Rebecca, cielo –dijo él, acercándose rápidamente a ella para sentarla en su regazo, estrechándola tanto como le era posible–. ¿Qué te pasa, ángel? ¿Te ha hecho daño alguien? ¿Te he hecho daño yo? –añadió él, acunándola para intentar consolarla–. ¿Rebecca?

Ella seguía sin hablar. Otra lágrima le rodó por la mejilla. Suavemente, él levantó una mano para limpiársela de la cara, pero Rebecca le agarró la muñeca y lo miró de un modo extraño, como si estuviera avergonzada.

–Logan, yo... lo siento...

–No tienes por qué sentirlo. Yo fui el idiota que ha provocado que te escondas. Deberían llevarme a la cárcel por haberte obligado a salir hoy. Hice que te sintieras incómoda y no fue esa mi intención. Sabes que nunca querría hacer que te sintieras así.

–Eres un hombre tan bueno, Logan...

–No lo soy. Hoy no he hecho más que darte órdenes, pero solo era porque estaba preocupado por ti, Rebecca, te lo prometo.

–No lo entiendes –dijo ella, levantando la cara por fin. Estaba deliciosamente ruborizada–. Estoy tan... tan avergonzada...

–¿Por llorar delante de mí? No tienes por qué estarlo. Solo dime cuál es el problema. ¿Soy yo? ¿Es Grady Barron? ¿Te ha hecho daño alguna otra persona? ¿Te ha dicho hoy alguien algo? ¿Te han desilusionado? Dímelo, ángel y haré lo que pueda para solucionarlo.

Rebecca cerró los ojos y suspiró. Logan sintió la necesidad de abrazarla aún más fuerte, pero no lo hizo. Lo único que deseaba en aquellos momentos era subsanar lo que le preocupara, lo que le hubiera hecho. Entonces, ella abrió los ojos y se mordió el labio, limpiándose de nuevo la mejilla.

–Es difícil decir esto –susurró ella, mirándole directamente a los ojos.

–No pasa nada. Dímelo –murmuró él, besándole las yemas de los dedos.

–Dices eso porque piensas que estaba sufriendo de verdad pero... era la película, Logan.

–¿Cómo dices? –preguntó él, quedándose paralizado.

–Lo siento mucho. No quiero que te avergüences, pero estaba llorando porque... la película era muy triste –confesó ella. Logan la estrechó fuertemente contra él, escondiendo el rostro entre el pelo de Rebecca para que ella no lo viera sonreír–. ¿Te sientes... te sientes un poco disgustado, Logan? Estoy segura de que podría habértelo dicho antes, pero tú...

–¿Yo te lo impedí? –preguntó él, soltando la risotada que había estado conteniendo.

–¿No te importa que haya lloriqueado encima de ti y que te haya dejado empapado solo por una película?

–¿Era una buena película?

–Era una antigua, en blanco y negro. Al final, el protagonista muere muy trágicamente. Me encanta... De verdad que era una película muy triste, Logan. Si la hubieras visto...

–Ojalá lo hubiera hecho. ¿Ves películas antiguas muy a menudo?

–Sí, son mi debilidad. ¿Me comprendes?

–Claro.

Desgraciadamente, para Logan ella era su debilidad, pero en aquel momento no le importó. Se había sentido tan preocupado de haberle hecho daño que se sintió muy aliviado de que estuviera llorando por una vieja película. De nuevo, se echó a reír.

–Bueno, no creo que sea tan divertido –dijo ella, intentando parecer enfadada.

–¿No te parece divertido el hecho de que entrara aquí, decidido a coserte las heridas y a administrarte psicoterapia cuando solo llorabas por una película?

–Me... impresionaste mucho, Logan –susurró ella–. Si hubiera tenido problemas, tú habrías sido justo lo que habría necesitado.

–Pero, al contrario, lo único que hice fue interrumpir tu película.

–Oh, no, ya había terminado. Me estaba recuperando.

–Ahora pareces estar bien –susurró él, admirando la suavidad de sus pechos bajo la tela sedosa de la bata.

–Así es.

–¿Rebecca?

–¿Sí?

–Lo siento, pero voy a besarte. Si vas a echar a correr, ya puedes hacerlo rápido.

Rebecca deseaba besarlo. Deslizó los dedos entre el pelo de Logan e inclinó la cara para que él pudiera besarla más fácilmente. Ella sabía que estaba jugando a un juego alocado. A la larga, no habría modo alguno de ganar, pero necesitaba sentir los labios de Logan, sus fuertes brazos, rindiéndose a las sensaciones.

Anhelaba sus caricias. Echó hacia atrás la cabeza para que él pudiera besarle el cuello, apartándole suavemente la tela de la bata. Cuando los besos llegaron al borde del pecho, el ansia se intensificó.

–Déjame tocar –susurró ella–. Por favor...

Rebecca agarró el primer botón de la camisa y se

lo desabrochó, apretando la boca a la piel que dejó al descubierto.

–Rebecca... –gimió él, besándola de nuevo–. Te deseo como no he deseado nada en muchos años. Me estás matando con esos labios, amor.

Logan la besó de nuevo, mordisqueándole los labios, devorándoselos. Estaba ardiendo y no habría modo de pararlo. Rebecca sintió que se iba perdiendo cada vez más en aquellos besos, ella que tanto había luchado por mantener su identidad.

Entonces, cuando el suave tejido de la bata hizo que se deslizara un poco más sobre el regazo de él, sintió la dura calidez de la pasión de Logan. Lo miró directamente a los ojos y vio fuego en ellos, lo mismo que probablemente él estaba viendo reflejado en los suyos.

Durante un segundo, dudó. Rebecca ansiaba experimentar la mágica sensación de hacer el amor con Logan, a pesar de que tal vez sería un paso irreparable. No estaba segura de lo que sería de ella una vez que hubiera yacido en brazos de él, cuando el éxtasis hubiera desaparecido... Probablemente sentiría muchas cosas que no quería sentir.

Entonces, él le agarró las dos manos con una de las suyas, dejó escapar un gruñido y la levantó de encima de su regazo. Rápidamente le cerró el quimono y recobró la compostura.

–¿Logan?

–Es culpa mía, tesoro. Te había prometido que no volvería a tocarte.

–Yo también podría haberte detenido.

–Solo con un no, pero los dos sabemos que todavía estabas afectada por los sentimientos que te había provocado la película.

Rebecca abrió la boca para protestar y decirle que sabía lo que estaba haciendo, para reclamar su parte de culpa, pero Logan se inclinó sobre ella, suplicándole con la mirada que no dijera nada más.

–No me estoy disculpando por besarte, Rebecca. He querido volver a hacerlo y supongo que el deseo fue tal que perdí completamente el control. Sin embargo, los dos sabemos que ir más allá sería un grave error. Tú no eres la clase de mujer que se relaciona con hombres que toman lo que quieren de ella y siguen su camino. Y yo no soy un hombre que robe a las inocentes.

–He estado casada, Logan. No soy tan inocente.

–Eres una mujer muy inteligente y muy dotada, Rebecca –dijo él, sonriendo dulcemente–. Te he confiado uno de mis más grandes tesoros –añadió, haciendo un gesto para señalar el edificio entero–. Sin embargo, tú tendrás que confiar en mí cuando te digo que el matrimonio no tiene nada que ver con el fin de la inocencia. Es un estado de la mente, no va con el matrimonio ni con el amor– Seguirás siendo inocente cuando seas una dulce anciana y seguirás volviendo locos de deseo a los lobos.

–Entonces, ¿tú eres un lobo? –preguntó ella, con una sonrisa. Estaba agradecida de que Logan hubiera demostrado más sentido común que ella. Durante un momento, se había olvidado de lo peligrosas que podían ser sus emociones.

–Soy un lobo que está intentando portarse muy mal –dijo él, poniéndose de pie–. Así que creo que es mejor que me marche, Rebecca.

–¿Logan? –susurró ella. Él se volvió a mirarla–. Gracias por hacer que hoy me tomara un respiro. Y por besarme y luego detenerte aunque ninguno de los dos quería parar.

–Rebecca, no debes hacer comentarios de ese tipo a un lobo. Créeme.

–Confío en ti, Logan, y creo que tienes razón cuando me dices que me tome algo de tiempo libre de vez en cuando. Si tú y yo nos evitáramos menos, la necesidad de tocarnos podría ser menor. Así que, de ahora en adelante, me tomaré tiempo libre y...

–¿Y?

–Mañana, los dos nos tomaremos un descanso. Echaremos unas carreras en la piscina. Si jugamos, podremos llevar una relación más ligera, más inteligente...

–Y así queremos que sea. ¿De verdad confías en mí?

–Claro.

–Entonces, haré todo lo posible para mantener esa confianza, Caperucita.

–¿Caperucita?

–Inocente... No vayas a pasear más por los bosques esta noche, cielo.

Entonces, se marchó. Rebecca miró la pantalla y el mando a distancia. Había pensado ver otra película, pero le parecía que el protagonista palidecería al lado de su héroe de la vida real. Se preguntó las cosas que habría visto y hecho en su vida para convencerse de que era tan malo, tan peligroso.

–Pero es peligroso –susurró ella–. Muchas mujeres lo seguirían a los bosques aunque eso les rompiera el corazón. Una mujer podría volverse loca intentando ser lo que él deseara que fuera. Cuando él siguiera su camino, ella se quedaría con el alma hecha pedazos.

Tras apagar la luz, decidió que aquello era algo que tenía que pensar mucho aquella noche. Logan le había dado la posibilidad de tomar una salida fácil. Sería una estúpida si no la aprovechara.

Y Rebecca nunca había sido una estúpida.

Capítulo 7

LA CUENTA atrás había comenzado. Solo quedaban cinco días para la gran inauguración. Sin embargo, Logan ya no estaba seguro de qué cuenta atrás lo preocupaba más, si la de la apertura del hotel o la del día en que Rebecca y él se separarían para siempre, el día en el que él volvería a pensar racionalmente.

No había razón alguna para que estuviera tan nervioso. Aquel hotel era el más importante para él de todos los que había abierto, pero ya era un experto en aquel tipo de cosas. Había amasado suficiente dinero como para que un fallo no fuera más que una pequeña molestia para su orgullo. Además, había tenido mucha experiencia con las mujeres, por lo que no había explicación lógica para que, mientras se acercaba a la piscina, se sintiera tan nervioso.

–Es solo puro deseo –musitó mientras abría la puerta. Aquella tenía que ser la razón.

Entonces vio a Rebecca. Estaba sentada al borde de la piscina y le saludaba con la mano. Llevaba un sencillo traje de baño negro, no demasiado escotado ni demasiado alto de caderas. Entonces, ¿por qué estaba a punto de acercarse a ella y tomarla en brazos? Aquello era una pura locura.

–Llegas tarde, Brewster –dijo ella con una descarada sonrisa, mientras se recogía el pelo con un pasador–. Eso significa que yo elijo las armas.

–Llego en punto, señorita. Lo que pasa es que llevas ese maldito reloj tres minutos adelantado. Pete me contó ese pequeño secreto la última vez que estuve en el gimnasio. ¿Y qué quieres decir con eso de las armas?

–Vamos a recoger palitos buceando –proclamó ella, mostrándole tres barras de plástico de colores–. Y, si eres bueno, tal vez juguemos con las tablas después.

Con aquella maravillosa voz, algo tan mundano como una tabla sonaba como la promesa del placer en su estado más puro. Logan tenía la sensación de que Rebecca podía convertir cualquier cosa en una experiencia erótica. Y lo peor de todo era que ni siquiera se esforzaba en intentarlo.

–¿Estás listo? –preguntó ella, tras llenar los palos de agua y haberlos tirado a la piscina.

–¿Hay reglas?

–No se puede empujar y no es justo no divertirse. El que consiga más palos, gana.

Con una sonrisa para asegurarse de que él estaba de acuerdo, Rebecca contó de cinco a cero y los dos se sumergieron en la piscina.

Ella nadaba como un pez. Se sumergió hasta el fondo de la piscina. Logan se dirigió al lado opuesto y recogió el palo verde. Luego se dirigió a por el azul, que había caído en la profundidad de tres metros. Estaba a punto de alcanzarlo cuando se vio rodeado por una rápida Rebecca, lo que le hizo detenerse. Las yemas de los dedos se tocaron ligeramente. Durante un segundo, Rebecca soltó el palo. Logan, sabiendo que ella lo había dejado para no tener contacto físico con él, lo soltó también. El palo empezó a sumergirse. Entonces, Rebecca lo agarró y subió rápidamente a la superficie. Él la siguió como un caballo semental que hubiera olido una hembra y salió a la superficie un instante detrás de ella.

–Te he ganado –dijo Rebecca, triunfal.

–Sí, me has ganado.

–Venga, hombre –protestó ella, salpicándole de agua–. ¿Es que ni siquiera vas a disputar mi vitoria? Tuviste ese palo agarrado durante medio segundo. ¿Dónde está ese instinto asesino que te hizo convertirte en un empresario hotelero de tanto éxito? A nadie le gusta ganar demasiado fácilmente.

–Se me cayó.

–No estoy segura de que no lo hicieras a propósito. Ese caballero que llevas dentro, el diplomático hotelero que se asegura tanto de que sus clientes queden satisfechos...

–A los chicos con los que solía jugar al póker en la calle les interesaría mucho saber lo justo que soy ahora cuando participio en un juego –dijo él, sacudiéndose el agua del pelo–. ¿Has dicho un caballero? ¿Un diplomático?

–Me dejaste ganar, Logan.

En realidad, no le había dejado ganar. Simplemente le había afectado tanto el contacto con su piel que había tenido que soltarlo. Sin embargo, veía que la dama reclamaba su satisfacción, y estaba dispuesto a dársela.

–De acuerdo, Rebecca. Acepto. Jugaremos la revancha –dijo él, lanzando al agua el palo verde que todavía tenía en la mano.

Durante las siguientes dos horas, bucearon, salieron a la superficie y tiraron de las tablas que eliminaban la ventaja de la fortaleza de Logan mientras echaban carreras de un lado a otro de la piscina.

Él perdió algunas, ganó otras y se regodeó abiertamente por sus victorias.

–No tenías que jactarte tanto de esa última –protestó Rebeca, mientras se apoyaban sobre las pequeñas boyas de plástico–. Me he quedado a pocos milímetros de ti.

–Nunca antes he participado en una competición tan dura –admitió él.

–Supongo que habrás estado en competiciones bastante duras. ¿Era tu vida...? ¿Cómo era tu vida de niño? –preguntó ella, muy seria.

«De acuerdo, mucho cuidado ahora, Brewster. Ya has visto cómo le afectan incluso los niños que no son muy desgraciados. Ya sabes que hay mucha presión en su vida en estos momentos. No hay necesidad de que tenga que sufrir por cosas que ya forman parte del pasado».

–Fue una infancia cualquiera, Rebecca. No fue diferente de las que tienen montones de niños –dijo él, dirigiéndose al borde de la piscina.

–Me dijiste que creciste en las calles –insistió ella, siguiéndolo–. No conozco a muchos niños que hayan estado en la misma situación.

–Muchos tienen que hacerlo. Te hace muy fuerte.

–Pero antes, también tienes que ser fuerte.

–Rebecca...

–Tus padres –empezó ella. Era evidente que quería detalles. Logan decidió darle una versión abreviada.

–No conocí a mi padre. No tengo ni idea de quién fue, solo que mi madre lo amaba, pero él no sentía lo mismo por ella. Tuve a mi madre y al final las cosas salieron bien.

–¿Ya está? ¿Así que te crió tu madre sola? –preguntó ella perpleja–. ¿Ha muerto?

–Hace años. Murió poco después de que abriera mi segundo hotel.

–Tuvo que sentirse muy orgullosa de ti.

Aquella mujer lo había odiado a muerte, pero Rebecca quería, necesitaba creer que había tenido una madre que se había preocupado por él. Y Logan quería que Rebecca fuera feliz, así que se limitó a sonreír.

–¿Y tú, cielo? Ya me has hablado de tus no muy agradables tíos, pero también me dijiste que habías estado casada. Háblame de tu marido.

Con aquello, Logan esperaba devolverle a ella una sonrisa, recobrar hermosos recuerdos de un hombre que la había hecho feliz.

–James era un hombre maravilloso. Se casó conmigo sabiendo que yo no lo amaba tanto como él me amaba a mí. Creo que esperaba que mis sentimientos se fueran convirtiendo en amor. Yo simplemente le estaba agradecida y lo admiraba... Creo... Bueno, sé que le hice daño.

–Tú eres incapaz de eso.

–Tal vez a propósito no, pero sin querer... sí. James sabía lo de mis tíos. Creía que yo era una princesa que él estaba rescatando de una torre. Era un hombre amable, diez años mayor que yo. Llevaba toda su vida esperando una mujer, una princesa... No esperaba una mujer que le encantara jugar al billar, ganar carreras, cantar a gritos y aporrear el piano. Nunca me criticó por ello, pero sé que en su corazón, amaba desesperadamente la mujer que deseaba que yo fuera. Aquello le entristeció. Creo que nunca dejó de esperar que cambiaría y que aprendería a amarlo del modo en que él necesitaba que lo amaran.

–No puedes pensar que fue culpa tuya, Rebecca. No puedes creerte responsable de los sueños de otras personas.

–Tal vez no, pero si le hubiera prestado más atención, me hubiera dado cuenta de que había ese problema antes de casarme con él. En ese caso, tal vez no me hubiera casado con él pero, ¿quién sabe? En aquellos momentos necesitaba que alguien me rescatara desesperadamente... Bueno –dijo ella, colocándose una sonrisa en los labios–, eso fue hace muchos años. No hay razón para revivir los errores del pasado. Ahora estoy muy satisfecha con la vida que llevo y no quiero ser como James. No busco esa clase de amor que lo consume todo.

A pesar de que sonreía, Rebecca tenía un tono de tristeza en la voz. Logan se dio cuenta de que, aunque, no se la merecería, ella vivía con aquella culpa a cuestas. Y él quería liberarla de aquella tristeza.

–Oye, Caperucita –dijo él acariciándole una mejilla con el dedo–. Mientras hemos estado jugando y charlando, el tiempo ha volado. Supongo que ahora vamos a tener que darnos prisa. El que llegue el último al otro lado va a tener que explicarle a Jarvis por qué llegamos tarde para cenar.

–¡Vaya! –exclamó ella, mirando el reloj–. ¿Quién se habría pensado que era tan tarde?

De repente, su tristeza desapareció. Ella lo miró y se lanzó con rapidez del borde de la piscina. Como le pilló desprevenido, le tomó la delantera.

–He ganado –dijo ella, al llegar al otro lado. Logan asintió, lo que hizo que Rebecca frunciera el ceño–. Venga... Lo has vuelto a hacer. Me has dejado hacerte trampas. Sabes muy bien que no he jugado limpio. Le pediremos juntos a Jarvis que tenga piedad de nosotros. Espero que no nos sirva serrín para castigarnos.

–¿Y arruinar así su reputación?

–Tienes razón. Es imposible que eso ocurra. ¿Qué te parece? ¿Crees que habrá pastel con tres chocolates de postre?

–Con cerezas –añadió él–. Será una tortura, pero con un poco de suerte, sobreviviremos.

La risa de Rebecca apartó los nubarrones de la tristeza. Logan pudo mirar a través de las velas de la mesa y darse cuenta del tesoro que había encontrado en aquella subasta. Él sabía el valor real de aquella mujer, algo que su marido nunca había averiguado pero sentía una pequeña parte de lo que James podría haber sentido por ella. Amar a aquella mujer sería como intentar amar un rayo de sol. Maravilloso e imposible a la vez. Rebecca no quería volver a enfrentarse a los peligros del amor, como tampoco el propio Logan. Es decir, con toda seguridad, no quería enamorarse de Rebecca Linden.

Rebecca se preguntó si todas las inauguraciones estarían tan llenas de tensión, si Logan estaría igual de nervioso que ella, como si el corazón se le hubiera apoderado de la garganta y le impidiera respirar.

Desde el día de la piscina habían trabajado más como un equipo y, sin embargo, guardando las distancias. Sabía que acercarse a Logan podría ser completamente letal. Le había convencido para que le contara secretos de su pasado, cuando él mismo no le había ofrecido más que pequeñeces. Le asustaba pensar lo que sería capaz de darle solo con que él se lo pidiera.

Rebecca estaba completamente segura de que Logan había tenido una infancia desdichada junto a una madre poco afectuosa con él. En su trabajo, Rebecca había conocido a muchos chicos que eran duros solo para ocultar lo frágiles que eran por dentro. Se apostaba cualquier cosa que Logan también había sido así de niño. Ella no dejaba de pensar en él, de preocuparse por él, de desear estar a su lado. Se apiadaba del niño que había sido y se enorgullecía del hombre en que se había convertido. También se dio cuenta de que aquellos sentimientos eran muy peligrosos para ella. Había dejado de ser simplemente un hombre muy atractivo para convertirse en algo más. De repente, lo que había sido solo un trabajo, se convirtió en una misión. Quería que todo aquello fuera especial para Logan.

Por eso, llevaba levantada desde que había salido el sol, preparándose. Se había reunido brevemente con Caroline y Emily cuando esta última había tenido que salir a comprar un traje especial para salir con Simon. Desde que había regresado, todos sus esfuerzos se habían concentrado en el hotel. Cuando las puertas se abrieron al público por primera vez, ella estaba al lado de Logan, decidida a que aquella fuera la mejor inauguración nunca vista.

–¿Estás listo? –susurró ella.

–Calla, cielo –dijo él, tomándola de la mano–. Estás muy hermosa. Eres hermosa por dentro y eso siempre se refleja en el exterior. Todo irá bien.

Aquella mirada le hizo entender que ella quería ayudarle. Logan no tendría que preocuparse por ella. Por ello, en cuando entró una anciana cubierta de perlas y de seda, dio un paso adelante.

–Usted debe de ser la señora Winslow. Bienvenida al Oaks. Me llamo Rebecca Linden y me encargaré de que su estancia sea tan placentera como usted espera. Estamos encantados de tenerla entre nosotros.

–Es un hotel precioso, ¿verdad? –dijo la mujer, sonriendo a Rebecca.

–Yo probablemente tenga una opinión algo parcial, pero es el hotel más hermoso en el que he estado y le aseguro que le parecerá también el más confortable. Nuestro trabajo es conseguir que su estancia sea lo más agradable posible, así que, si necesita algo, no deje de preguntar. Según tengo entendido le gusta hacer punto o leer para relajarse, así que encontrara una selección de hilos y agujas en su habitación y también gran variedad de novelas. Y, por supuesto, el té al limón que es su favorito. No obstante, si hay algo más que podamos ofrecerle, haré todo lo posible para facilitárselo.

–La última vez no me ofreciste té al limón, Logan –comentó la mujer, riendo.

–Nunca me dijiste que te gustara, Cecily, porque sabes que te lo habría facilitado solo con que movieras un dedo. Supongo que Rebecca ha adivinado ese pequeño detalle. Estoy seguro de que te darás cuenta de que es una joya que hará que tu estancia con nosotros sea realmente especial.

–¿No es un cielo? –le preguntó Cecily a Rebecca.

–Me parece que algunas de nuestras huéspedes preferirían tenerlo a él en vez de al té con limón –respondió ella, con una sonrisa

–Tienes razón, Logan –afirmó la mujer, riéndose a carcajadas–. Es una joya –añadió la mujer, antes de que la acompañaran a su habitación.

–Es muy agradable, ¿verdad? –dijo Rebecca, más tranquila.

–Son solo personas, Rebecca –respondió él, colocándole una mano en la espalda–. Y ahora verás que son algo más que nombres en una base de datos. Son solo personas, pero la mayoría de ellos son muy agradables.

Y era cierto. Rebecca no prestó atención al hecho de que las gafas de diseño de Tony Revere probablemente costaban más que su propio coche y le preguntó sobre el golf, asegurándole que había inspeccionado todos los campos de la zona y que tenía un listado en su habitación. Luego le preguntó a Agnes Farrell sobre sus nietos, admirando las fotos que la mujer le enseñó. Más tarde, accedió a ver una película con Melanie Stivers para que la mujer no tuviera que hacerlo sola.

Logan charlaba con sus invitados, renovando amistades y entablando conversación con los nuevos de un modo sencillo, lleno de encanto. Rebecca notó que pasaba mucho tiempo a su lado, presentándola y facilitándole su trabajo.

La única vez que vio a Logan perder la sonrisa fue cuando una joven y acaudalada familia de cuatro entraron en el vestíbulo. El marido no hacía más que darle órdenes a la mujer, que estaba muy nerviosa. Cuando la mujer empezó a gritar a su hijo, que, con nueve años, no paraba de moverse, Rebecca sintió que Logan se tensaba. Vio que el rostro le había cambiado. Entonces, él dio un paso al frente, pero se detuvo enseguida, como si los pies se le hubieran pegado al suelo.

Fue Rebecca la que sonrió al niño y saludó a la mujer.

–Hola, bienvenida, me llamo Rebecca Linden. Queremos que todos los padres sepan que tenemos un servicio especial para familias. Sabemos lo ajetreado que resulta todo a la llegada y por eso hemos creado una zona de entretenimiento infantil. Está supervisada por dos maestras y los padres disponen de un busca. ¿Cree que a su hijo le gustaría ir a jugar allí mientras usted se registra y descansa un poco?

–Me temo que hemos estado demasiado tiempo en la carretera –respondió la mujer. Tanto ella como su marido tenían un aspecto algo culpable–. Y sí, creo que todos necesitamos una oportunidad de calmarnos un poco. Gracias. ¿Te gustaría ir a jugar un poco, Evan?

–Claro, mamá –respondió el niño rápidamente–. Siento haberte pellizcado, Nina –añadió, refiriéndose a su hermanita pequeña.

–Yo siempre necesito echarme una buena siesta cuando he estado en la carretera más de la cuenta –dijo Rebecca, sonriendo–. Veamos lo que podemos hacer para que se sientan más cómodos.

Entonces, indicó a los padres el lugar donde podían encontrar la sala de juegos y volvió al lado de Logan.

–Logan, yo... creo que son agradables –comentó, estudiando su expresión.

–Claro, y gracias. Tratar con familias nerviosas no es exactamente mi fuerte.

Aquello hizo que Rebecca se preguntara una vez más lo que él habría tenido que pasar de niño, porque Logan se había encargado de situaciones más difíciles a lo largo de aquella mañana. Siguió charlando con facilidad y paciencia toda la tarde. Finalmente, cuando el ajetreo cesó un poco, volvió a acercarse a Rebecca.

–Siento haberte dejado con Billy Errins –dijo él–. A veces resulta un poco gruñón.

–No importa. Me imaginé que era solo un niño de ocho años y me resultó fácil. Solo necesita alguien que sea un poco firme con él.

–¿Qué le dijiste exactamente?

–No mucho. Solo que estaba segura de que debía de estar cansado y que estaba convencida de que se sentiría mucho mejor después de haber tomado un buen baño y una buena siesta. Entonces, hice que lo acompañaran a su habitación. ¿Crees que me he excedido?

–Creo que has estado estupenda. No hagas eso, cielo –añadió, al ver que ella no dejaba de retorcerse un botón del vestido–. No tuerzas ese botón más porque se te va a caer. No sería conveniente que el dueño del Oaks le quitara el vestido a su ayudante y empezara a besarle todo el cuerpo en medio del vestíbulo.

Rebecca apartó los dedos inmediatamente. Al mirarlo, deseó poder apoyarse sobre él, sin importarle que todos lo vieran. Deseaba que él la tocara, que la besara... Pero Logan tenía razón. Estaban delante de todo el mundo.

–Tendré cuidado, Logan.

–Hoy has estado perfecta, Rebecca –dijo él, dando un paso atrás–. Gracias, todo ha sido perfecto.

Sin embargo, cuando se acercó a supervisar unos detalles que necesitaban su atención, se dio cuenta de que no todo era perfecto. Estaba ayudando a Logan, él estaba teniendo éxito y todo aquello era bueno, pero cada vez deseaba más las caricias de su jefe y que él compartiera con ella sus más íntimos secretos. Le estaba empezando a parecer que el mundo giraba en torno a Logan Brewster y aquello no estaba bien. Ella no era como las mujeres que él buscaba para satisfacer su placer. Además, no quería ser como James, no ansiaba obtener lo inalcanzable. Y aquello sería exactamente lo que ocurriría si se enamorara de Logan. Tal vez él la querría durante un tiempo, disfrutaría de su compañía e incluso la admiraría, pero él no buscaba ni amor ni familia. Cada vez que veía a un niño, le cambiaba el rostro. Estaba claro que nunca querría tener hijos propios, por lo que sería una estupidez ilusionarse más con él.

Iba siendo hora de volver a llamar a Deb para ver si había podido conseguirle un trabajo para el resto del verano. El trabajo la ayudaría, con toda seguridad, a quitarse a aquel hombre y sus problemas de la cabeza, como siempre lo había hecho.

Capítulo 8

DE ACUERDO, cielo, vamos a sacarte de aquí. Unos días más tarde, Rebecca oyó esas palabras y saboreó el sonido de la voz de Logan. Le encantaban los temblores que se apoderaban de ella cada vez que él hablaba, aunque sabía que aquella debilidad le costaría muy cara. Cuando ya no pudiera oír aquella voz, la echaría de menos.

–No puedo ir a ninguna parte, Logan. Tengo mucho que hacer –replicó ella, extendiendo un listado con la cosas que debería haber hecho el día anterior.

Rápidamente, Logan le arrebató el papel de los dedos y se lo entregó al botones más cercano.

–No pierdas esto, Joe. La señora podría ponerse violenta si le quitamos su trabajo.

–Lo guardaré como si fuera de oro –prometió el muchacho.

–Y ahora –dijo él–. Vamos a hablar del hecho de que prometiste tomarte tiempo libre de vez en cuando. ¿Es que no recuerdas que ya habíamos hablado de esto antes?

–Eso fue antes de que llegaran los huéspedes.

–Sí, y se van a enfadar mucho si creen que les controlamos hasta en lo más mínimo, Rebecca. Relájate. Sabes tan bien como yo que tenemos empleados de día y de noche. El turno de mañana acaba de entrar a trabajar y están frescos y listos para atender a los huéspedes que necesiten ayuda. Todas las actividades están programadas para la noche para que puedan salir a visitar la zona. Les has dado a todos la información necesaria para ver los sitios de interés y hay muchos empleados que están aquí para dar respuestas. Ahora necesitas descansar –concluyó él. Rebecca abrió la boca para protestar–. Si no lo haces, esta noche no estarás fresca cuando tengas que estarlo. Además, me he enterado de que hay una feria de arte en la ciudad y que tus amigas Emily y Caroline estarán allí.

–¿Cómo sabes eso?

–Tengo mis espías.

–Sin duda, eso de espiar es una habilidad que aprendiste de niño en las calles.

–Por supuesto. Y me viene muy bien tener esa habilidad.

–¿Tuviste algún momento feliz cuando eras niño, Logan?

–Tuve un amigo que se llamaba Deets, que podía hacer malabarismos con cualquier cosa –respondió él, llevándosela hacia la puerta–. Así conseguíamos algo de dinero. Incluso me enseñó a mí a hacerlo un poco.

–¿Sabes hacer malabarismos?

–No mucho.

–¿Me vas a enseñar? –preguntó ella, muy interesada.

–Claro que te enseñaré, pero ahora, nos vamos a la feria de arte –prometió él. Entonces, levantó dos dedos para que Andy acudiera a su encuentro con dos bicicletas.

–¿Qué estás...? Eres muy astuto, Logan. ¿Te lo he dicho antes? Sabes muy bien que estaba tan absorta en lo que me estabas diciendo que casi no me había dado cuenta de dónde íbamos. Hubieras sido un buen carterista –protestó ella. Al ver lo enfadada que estaba, Logan decidió que aquel no era el momento para decirle que así había sido–. Estabas intentando distraerme... Me apuesto algo a que no sabes hacer malabarismos –añadió, mientras Andy le ajustaba la bicicleta.

–Ya te lo demostraré algún día, cielo –le susurró él al oído, mientras se alejaban del hotel.

–No me hagas promesas que no vas a cumplir, Logan. He visto a muchos niños que hacen lo mismo y siempre trato de que cumplan su palabra. Así se convierten en personas de carácter. Y me reporta a mí lo que quiero.

–Según me han dicho, te gusta montar en bicicleta.

–Me muevo habitualmente así por la ciudad. Me mantiene en forma y, además, me gusta sentir la brisa entre el pelo.

Como si la madre naturaleza la hubiera oído, se levantó una ligera brisa en aquel momento, revolviéndole un poco el pelo. Si no hubiera estado sobre aquel instrumento de tortura de dos ruedas, Logan se hubiera sentido tentado a colocárselo. No iba a decirle que casi nunca había montado en bicicleta. No tenían dinero para una cuando era niño. Sin embargo, si ella quería montar en bicicleta, montarían en bicicleta.

–Entonces, te has enterado de que Emily y Caroline van a estar aquí hoy. ¿Cómo lo sabes?

–Es sencillo –confesó él, sonriendo–. Emily está trabajando para Simon Cantrell, cuya familia da trabajo a buena parte de esta ciudad. Caroline está trabajando para Gideon Tremayne, que tiene un próspero negocio y el encanto añadido de ser el nieto de un caballero. La gente presta mucha atención a los planes de los ricos y famosos, los comentarios corren por ahí y, además, yo tengo como empleados a un gran número de personas que viven en esta ciudad y a las que les gusta hablar de lo que pasa aquí.

–Supongo que eso tiene sentido. ¿Has oído hablar algo de mis amigas? ¿Cómo les va?

–¿Es que no sabes nada de ellas?

–Sé lo que me cuentan, pero somos en cierto modo como hermanas. Nunca me dirían nada que hiciera que yo me preocupara.

–¿Y crees que tienes motivo para preocuparte?

–No sé. Como tú has dicho, los hombres para los que están trabajando son ricos y poderosos. Y he oído que los dos son encantadores.

–¿No los conoces? –preguntó él, frunciendo el ceño.

–Solo los vi un momento, pero estoy un poco preocupada. Emily, Caroline y yo siempre hemos ido juntas a todas partes, aunque cada una tiene sus propios planes. Emily está decidida a abrir un colegio para jóvenes madres solteras. Caroline es una escritora muy dotada cuando no está dando clase y quiere casarse y tener familia numerosa. Y no creo que ninguna de esas cosas fuera muy bien con estar con un soltero empedernido y rico.

–Entonces, Caroline es un poco como tú, ¿no?

–Un poco, pero Caroline está más decidida a convertir el matrimonio en una sociedad. El amor no es necesario para ella. Es más una relación comercial dedicada a tener hijos. Probablemente, yo sea la más convencional de las tres. Yo busco un matrimonio basado en el amor y me encantaría tener algunos hijos. ¿Y tus amigos? ¿Qué le pasó a tu amigo Deets? –preguntó ella. Lo único que oyó durante unos pocos segundos fue el runruneo de las ruedas de la bicicleta–. ¿Logan?

–Murió. Hace mucho tiempo, Rebecca. Yo solo era un crío.

–¿Cuántos años tenías?

–Doce. Su padre no hacía más que pegarle. Aquello no era poco frecuente en el lugar en que yo vivía pero yo no solía estar delante cuando lo hacía. Deets era... bueno, éramos de la misma edad, pero él era más menudo que yo y su padre era un tipo enorme. Un día llegamos tarde y el hombre empezó a pegarle. Una y otra vez. Yo salté sobre él y le pegué tan fuerte como pude. No fue mucho, pero sí lo suficiente como para que Deets pudiera escapar. Al día siguiente, Deets se cayó por una escalera... o por lo menos eso dijeron. Se murió antes de que pudiera despedirme de él.

–¿Le dijiste a la policía lo que pasó con su padre?

–Tanto Deets como yo habíamos estado metidos en jaleos por una cosa u otra en demasiadas ocasiones. La policía nos conocía. Era solo la palabra de un delincuente juvenil contra la de un adulto. Siempre me he preguntando lo que habría ocurrido si yo hubiera dejado que el padre de Deets lo pegara aquel día, si yo no lo hubiera humillado delante de su hijo...

–Hiciste lo correcto, Logan –afirmó ella deteniendo la bicicleta en seco.

–Lo más ridículo de todo esto es que no era la primera vez que intervenía de ese modo y otra persona se llevó una paliza peor por ello. Yo era un chico irascible y testarudo, Rebecca. Y, algunas veces, no muy sabio.

–Nadie puede ser muy sabio con solo doce años, Logan.

De donde él provenía, los chicos aprendían muy rápidamente. Era una cuestión de supervivencia. Finalmente, había aprendido a ser sabio, a no implicarse con nadie, a no encariñarse con nadie por si los iba perdiendo por el camino. Últimamente, casi se había olvidado de aquella regla. Tendría que esforzarse más en lo sucesivo.

–Tú sí que eres una mujer muy sabia, Rebecca –dijo él, sonriendo.

–Efectivamente, Logan. No se te olvide.

Empezaron a pedalear de nuevo hacia el lugar donde estaba la feria. Dejaron las bicicletas y pasearon por entre los trabajos de pintores y artesanos. Rebecca admiró un dibujo de un muchacho que se parecía mucho a Jack y Logan se preocupó mucho por recordar el nombre y la procedencia del artista.

Cuando finalmente se encontraron con Caroline y Emily, las tres se abrazaron y se hicieron preguntas sobre cómo les iba respectivamente. Simon y Emily iban a dar una fiesta para una tía de él dentro de unos pocos días y Caroline estaba ayudando a Gideon a agasajar a sus invitados. Todas las mujeres eran encantadoras y todas parecían un poco tensas.

Mientras ellas hablaban, Logan se puso a admirar un puesto de jaulas decorativas. Estaba preguntándose qué tal quedarían en los árboles del hotel cuando alguien se le acercó.

–Perdóneme por preguntar. Aprecio mucho la donación que hizo a nuestra obra benéfica, pero Rebecca es nuestra compañera y, bueno, tenemos que preguntarle. No estará haciéndola trabajar demasiado, ¿verdad, señor Brewster? –le preguntó una belleza de cabello castaño y ojos azules–. Soy Caroline O'Donald. Lo vi desde lejos, cuando fue a recoger a Rebecca a su apartamento.

Entonces, Emily tenía que ser la otra, la que estaba tirando de Rebecca. Las mujeres parecían haber decidido incluírle a él en la conversación.

–Me alegro de conocerlas, señoritas. Y sí, estoy haciendo todo lo posible para convencer a Rebecca de que no me debe la vida solo por haber hecho un donativo para su causa.

–¿Tiene su espacio personal? Rebecca necesita espacio –preguntó Emily, de pelo más oscuro.

–¿Queréis hacer el favor de callaros? –protestó Rebecca–. Soy una mujer hecha y derecha. Díselo, Logan.

–Rebecca es una mujer hecha y derecha –repitió Logan, sonriendo–, aunque le guste hacer trampas en las carreras en la piscina y le encante montar en bicicleta para ir a la ciudad en vez de utilizar uno de los lujosos coches que tiene a su disposición.

Las otras mujeres parecían estar haciendo caso omiso a las protestas de Rebecca, que se encontraba muy avergonzada por la actitud de Caroline y Emily.

–Tranquilízate, cielo, son tus amigas –dijo Logan–. Tú te preocupas por ellas tanto como ellas se preocupan por ti. Solo se están asegurando de que estás bien.

–¿Y que hay del espacio personal al que yo me refería, señor Brewster? –insistió Emily.

–Pero si me ha dado una suite, Emily. Creo que ya lo he mencionado, pero gracias de todos modos por preguntar. Sé que te interesas por mí.

Emily y Caroline miraron primero al uno y luego al otro. No parecían completamente satisfechas cuando extendieron la mano para despedirse de Logan.

–Sigue cuidando de ella, Logan. Eres un tipo muy fuerte, pero me imagino que si Emily y yo nos esforzáramos al máximo, podríamos hacer un poco de daño –dijo Caroline.

–Me alegro de que Rebecca tenga tan buenas amigas –replicó Logan, sonriendo–. Cuando yo me vaya, me preocuparé menos por ella sabiendo que alguien la está protegiendo de los lobos.

Las dos mujeres se miraron sin comprender.

–Logan tiene la teoría de que soy demasiado inocente –explicó Rebecca.

–Eh, me gusta –dijo Emily.

–En eso se nota que es un tipo inteligente –afirmó Caroline–. Me alegro de haberte conocido, Logan. Siento que hayamos sido un poco groseras contigo. Nos hubiéramos quedado a charlar un poco más, pero yo he venido aquí con Gideon y su hermana y Emily tienen que marcharse dentro de unos pocos minutos. Simon y ella tienen planes para esta tarde.

Caroline se marchó enseguida, pero Emily se quedó unos minutos más hablando con ellos. Sin embargo, muy pronto, Logan y Rebecca volvieron a quedarse solos.

–Ha sido un poco vergonzoso, ¿no te parece?

–Como te he dicho, son tus amigas –respondió Logan, riendo–. Y me alegro de que sean tan buenas, Rebecca.

Aquello era cierto. Tras haber conocido a Caroline y Emily, Logan se preocuparía menos por el futuro de Rebecca, aunque no conseguiría despreocuparse de ella del todo. Al menos, no hasta que el recuerdo de Rebecca se desvaneciera de su memoria.

La inauguración del hotel iba a las mil maravillas. El día anterior, Rebecca había recibido el retrato que Jack había pintado para ella. Era de su hermanita. Lo acompañaba una nota de la que se deducía que el niño era feliz. Solo eso debería haber hecho que Rebecca se sintiera contenta, pero no podía dejar de pensar en lo que Logan le había contado aquella mañana, cuando iban en bicicleta a la ciudad.

Había perdido a su mejor amigo solo cuando tenía doce años. Por mucho que dijera, Rebecca sabía que se sentía culpable. ¿Qué habría hecho aquella pena y culpa con un muchacho que ya se había visto privado del cariño de su madre?

Rebecca se dio cuenta de que por ello, había construido muros a su alrededor. Aquellos muros le protegían de implicarse con las personas. Por eso no quería volver a ser responsable del bienestar de un niño. Por eso no quería amar, porque el amor le hacía sentirse vulnerable, podría volver a abrirle una herida que tal vez no volviera a cerrar jamás.

–Oh, Logan... –susurró, mientras se preparaba para aquella noche.

El hombre era todo encanto y sonrisas. Era un hombre de negocios con éxito, pero todo era superficial. Nada le llegaba al corazón porque él no lo permitía. Por su propio bien, Rebecca necesitaba recordar ese detalle. Sin embargo, estaba decidida a mostrarle que su bondad llegaba mucho más dentro de lo que él mismo sospechaba. Había sido bueno con ella, era bueno con sus empleados y, aunque no quisiera verlo, había ayudado a muchos niños. Entonces, se le ocurrió cómo demostrárselo, así que tomó el teléfono e hizo una llamada.

–La vida no puede ser solo trabajar, Logan –dijo ella, sonriendo–. Si tú puedes sacarme del hotel para darme un respiro, yo también puedo sacarte de aquí por tu propio bien.

Al día siguiente se lo demostraría. Sin embargo, aquella noche, todavía tenía unos festejos de los que ocuparse.

Logan sopesó el collar de diamantes y zafiros en la mano y pensó cómo le sentaría a Rebecca. Se imaginó el pelo de ella extendido sobre una almohada, aquellos expresivos ojos de color violeta y aquella magnífica joya alrededor de su cuello, descendiendo sobre los pechos desnudos.

Trató de apartar aquellas imágenes de su cabeza,

pero falló miserablemente, besándola en su imaginación, desde los párpados hasta el pie.

–Ya basta, Brewster –se dijo, apretando el collar en la mano mientras se dirigía a la habitación de Rebecca.

Cuando ella abrió la puerta, tenía una maravillosa sonrisa en los labios. Sin embargo, él pudo notar una ligera tensión en los ojos.

–Casi estoy lista, Logan –dijo, sentándose para calzarse los zapatos de pulsera negros. Él no pudo evitar mirarle los tobillos mientras ella trataba de abrocharse la diminuta hebilla–. Malditas uñas postizas –añadió–. No tardaré nada.

–Déjame ayudar, Rebecca –afirmó él, sin esperar a que ella contestara.

Entonces, se arrodilló delante de ella y le apartó la mano suavemente del broche para ponerse manos a la obra. Inmediatamente, se dio cuenta de que aquello había sido un error, que había sido demasiado impulsivo. Rebecca tenía la piel suave y el dulce aroma de su perfume flotaba alrededor de ella. Además, los ojos le quedaban a la altura del escote que ella llevaba. Rápidamente, logró abrocharle las hebillas.

Rebecca hizo por levantarse, pero él se lo impidió.

–Todavía no. Espera –dijo, sacándose el delicado collar del bolsillo.

Ella miró la joya durante unos segundos, como si no supiera exactamente lo que era. Entonces, sacudió la cabeza ligeramente y se llevó las manos al cuello, con la intención de quitarse la sencilla cadena de plata que llevaba puesta. Los dedos le temblaban.

Al contemplar el vestido negro, Logan pensó que los diamantes y zafiros irían a la perfección con el atuendo y con la mujer. Sin embargo, entendió perfectamente lo que Rebecca estaba pensando. Ella se sentiría incómoda, como si Logan hubiera intentado disfrazarla como una muñeca.

–Estás preciosa tal y como vas –dijo él, volviendo a meterse el collar en el bolsillo.

–No quería mostrarme tan susceptible –murmuró ella, colocando una mano encima de la de él–. Es una tontería. El pasado, pasado es.

Logan extendió las manos y desabrochó el broche del collar que ella llevaba puesto, intentando no prestar atención a sus propios deseos mientras le rozaba la piel. Rápidamente, le colocó el otro y dejó la cadena de plata en la cómoda.

–La noche está empezando, Rebecca. Es una noche para divertirse. No debe haber nada demasiado profundo ni demasiado serio.

–Una noche para la música –afirmó ella, dejando que él la acompañara al salón.

Horas después, mientras pasaba al lado de la arpista, que sacaba notas celestiales de aquel instrumento, Logan pensó que la noche estaba yendo estupendamente. Buscó a Rebecca entre los invitados y la encontró, sonriendo y dándoles las buenas noches a las personas que ya se retiraban.

Entonces, notó que Glenna Delmont se acercaba a Rebecca con una mirada decidida en sus ancianos ojos.

–¿Señorita Linden? –dijo la mujer, para captar la atención de Rebecca.

–Sí, señora Delmont, ¿puedo ayudarla en algo?

–De hecho, sí. Llevo toda la noche preguntándome de dónde habría usted sacado esa joya tan exquisita.

–Me la ha prestado el señor Brewster –respondió ella, llevándose una mano a la garganta.

–Oh, entiendo –replicó la mujer. Evidentemente, no estaba pensando nada bueno–. ¡Qué... amable por su parte! Realmente me había llamado la atención. No hay muchas personas en su situación que pudieran permitirse una joya tan cara. Debe de valer miles de dólares.

–Las apariencias pueden resultar engañosas, Glenna –intervino Logan, acercándose a las dos mujeres.

–Eso es lo que dice la gente, señor Brewster, pero lo que uno ve, normalmente anda cerca de la verdad –afirmó la mujer.

–Tal vez, Glenna, pero entonces, deberíamos hablar de tu abuela, ¿no te parece? Según me han dicho, era toda una mujer. Para un observador cualquiera, podría haber parecido... bueno, supongo que el término entonces hubiera sido el de mantenida. Sin embargo, en realidad, era mucho más que eso. ¿Quién hubiera pensado que una mujer que bailaba delante de la gente solo con unas cuantas plumas encima era también miembro de una de las familias más antiguas y distinguidas del condado de Wicket? Esas apariencias sí que nos pueden engañar, ¿no te parece?

–Yo... mi abuela era... usted no lo sabe... yo...

–tartamudeó la mujer, mirando boquiabierta a Rebecca y Logan.

–Ahí te han puesto contra la pared, Glenna –afirmó su marido, riendo–. Hay que reconocer que tu abuela dejó bastantes cotilleos a su paso. Y, señorita Linden, no me importa dónde ha conseguido esas piedras. Es usted una delicia. Amable, atenta y una verdadera ayuda para todos los huéspedes de este hotel. Desafiaría a cualquiera que hablara mal de usted. Creo que mi esposa le debe una disculpa y estoy seguro de que se dará cuenta de ello cuando haya tenido algo de tiempo para pensar. Señor Brewster... –se despidió, llevándose después a su muda esposa y echándole una buena regañina mientras avanzaban.

–Gracias –dijo Rebecca.

–Frank Delmont tiene razón. Eres lo mejor que han visto cualquiera de mis hoteles. Esa mujer no tenía ningún derecho a hacer esos comentarios.

–Llevo puestas tus joyas. Cualquiera podría haber pensado lo mismo que ella.

–Entonces, ¿estás diciendo que es culpa mía?

–No, tú solo estabas haciendo una puesta en escena. De eso me dí cuenta.

–Y también se ha dado cuenta todo el mundo.

–Tienes razón. No tiene nadie la culpa.

–Nadie más que Glenna. Si se disculpa, no la perdones demasiado fácilmente.

–Soy muy inocente, Logan –dijo ella encogiéndose de hombros–. Además, ya veremos. No se ha disculpado todavía.

Inclinando la cabeza para indicarle que estaba de acuerdo con ella, Logan se apoyó contra el piano, mientras se despedía del último invitado.

–La noche ha salido estupendamente, Rebecca. Deberías estar orgullosa. Fuiste tú la que lo organizó todo.

–Efectivamente, la música fue preciosa, ¿verdad?

–Maravillosa. ¿Has podido ya tocar esto? –preguntó él, señalando el piano.

–Un par de veces. No me gusta tocar ahora que nuestros huéspedes están en el hotel

–La mayoría de ellos ya se han ido a la cama –dijo él, mostrando la sala vacía.

Rebecca le miró a los ojos y supo que estaba intentando que ella se olvidara del incidente de hacía unos minutos. Y lo estaba consiguiendo. Solo estar junto a Logan le ayudaba a olvidarse de todo.

Sin embargo, no se sentía cómoda tocando en aquel piano. Amaba la música, pero no era una profesional. Su tía la había regañado mil veces por su falta de talento, por el modo en que prácticamente pegaba los dedos a las teclas, intentando perderse en la música, pero sin intentar lograr la perfección.

–Me encantaría oírte tocar, Rebecca. Solo una vez. No esperaré un milagro, pero sé que tienes música en el alma. Te he oído cantar y tararear demasiadas veces como para no saberlo. Esta noche, me gustaría escucharte otra vez.

Aquello fue suficiente. Rebecca se sentó al piano y tocó para él. Intentó ofrecerle la música que seguramente nunca había oído de niño. Sin embargo, sabía que no sería suficiente para borrar la tristeza, para derrumbar los muros, pero quería devolverle el regalo que le había dado cuando, unos minutos antes, había saltado en su defensa.

Logan la observó, escuchando atentamente. Ella acariciaba las teclas como una mujer acaricia a un enamorado, o por lo menos, eso le pareció a él. La música llenaba la sala, transformando los hermosos rasgos de Rebecca en un arrebatado éxtasis. Él escuchó atentamente.

Cuando ella levantó los dedos de las teclas, Logan se inclinó y le acarició los labios con los suyos, saboreando durante un segundo la belleza de aquella mujer. Cuando ella abrió los ojos y se tocó los labios que él acababa de besar, él sonrió.

–Toca algo más rápido, Caperucita –dijo él, tomando una manzana, una naranja y una pera de la cesta de fruta de una mesa cercana.

–Enséñame, Logan –le pidió ella, empezando a tocar unos rápidos acordes.

Logan empezó a hacer malabares con la fruta, rezando para recordar lo que tenía que hacer, lo que consiguió hacer sin dejar caer nada al suelo. Cuando le deseara a Rebecca buenas noches, quería recordar aquella noche como un éxito, como unas breves, pero maravillosas horas, no como los crueles comentarios de una mujer ni como el rápido beso que habían compartido.

Los días estaban pasando rápidamente. El tiempo que Rebecca había de pasar a su lado estaba a punto de finalizar. Cuando ella se marchara, no quería que hubiera ocasión para las lamentaciones por ninguna de las dos partes. Al mirar atrás, los dos deberían recordar solo sonrisas, los momentos alegres, mientras ambos se disponían a seguir con sus vidas.

«Céntrate en el placer del momento», pensó Logan, mientras fijaba su atención en la fruta que giraba a su alrededor. «No hay que mirar atrás, ni esperar nada del futuro». Aquella filosofía siempre le había funcionado en el pasado. No había razón alguna para que no volviera a funcionarle entonces.

Capítulo 9

SIGUES pensando que una persona debería salir y disfrutar un poco durante el día? –preguntó Rebecca, dirigiéndose a Logan después de que este la había tenido una hora esperando.

Siempre estaba diciéndole que no trabajara demasiado, pero él mismo no paraba de ir de un sitio a otro.

–No pareces estar muy segura de eso, Rebecca –replicó él, sonriendo–. ¿Es que temes que vuelva a interferir en tu trabajo?

–En realidad, no. Tenía algo que quería hacer fuera del hotel. Pensaba que primero debería asegurarme de que no me necesitabas esta mañana antes de marcharme.

–No hay nada planeado para esta mañana. Me alegro de que vayas a salir.

–Yo también –replicó ella, con una sonrisa–. Pero me temo que no es tan sencillo como eso. Es decir, espero que vengas conmigo. Me parece... bueno, lo siento, pero creo que me he comprometido también por tu parte. Sé que no debería haberlo hecho, pero cuando Sally me suplicó, no pude negarme.

–¿Que una mujer estaba suplicándote mi presencia en algún sitio? –preguntó él, divertido.

–¡Eh! No aparentes que nunca te ha suplicado algo una mujer, Logan. No me lo pienso creer.

–Creo que la parte más increíble de todo esto es que no hayas podido decir que no a... ¿Sally? ¿Acaso no eras tú la mujer que afirmaba que podía decir no a cualquier cosa?

–De acuerdo, tú ganas. Le dije a Sally que te pediría si querías venir conmigo hoy. ¿Vas a venir, Logan?

–Adonde tú quieras, cielo –dijo él suavemente–. No tenías que esforzarte tanto.

Sin embargo, Logan decía aquello porque no sabía adónde iban. Cuando lo descubriera, Rebecca tenía la sensación de que no iba a ser tan magnánimo.

Aquellas palabras se quedaron cortas para describir la reacción de Logan cuando ella dio indicaciones al conductor de la limusina para que les llevara al Albergue Infantil de Eldora.

–¿Hay alguna razón en particular para quisieras que yo te acompañara? –preguntó él, con voz fría.

–Sí, claro. Cada año el albergue da una fiesta para los niños. En realidad, la da varias veces al año, dado que los niños van y vienen. Siempre nos gusta tener tantos voluntarios como podamos, pero en verano es difícil porque todo el mundo está ya trabajando para la causa. También nos gusta que asistan las personas que nos dan el dinero. Pone un rostro humano en las cosas que se hacen para los niños.

–Rebecca, sé que te importa mucho esta causa y también sé que quieres pensar muchas cosas buenas sobre mí que en realidad no son ciertas, pero, ¿se te ha ocurrido que no ha estado bien que me traigas aquí con artimañas? –preguntó él. Rebecca bajó los ojos y se mordió el labio inferior–. No hagas eso. Sabes que te deseo y, en estos momentos, quiero mantener la cabeza despejada.

–No estaba intentando que me desearas. De verdad.

–Lo sé, Rebecca, pero podrías hacer que te deseara solo tocándote el pelo del modo en que lo estás haciendo ahora.

–Lo siento y sí –admitió ella, con un suspiro–. Sé que está mal llevarte al albergue sin que supieras dónde ibas, pero significaría tanto para esos niños ver la prueba viviente de que pueden convertirse en un éxito. Tú eres esa prueba viviente... Bueno, tal vez yo no sea tan inocente como tú crees, Logan. Tal vez, esta vez, yo sea el lobo.

Logan sonrió, pero ya no volvió a relajarse. Cuando llegaron al albergue, miró a su alrededor. Estaban en la peor parte de Eldora, una parte que él había tratado de evitar en las visitas que había realizado a la ciudad.

–Esta no es la parte más segura de la ciudad para una inocente –afirmó él.

–Es aquí donde viven esos niños. Si ellos pueden vivir aquí, los demás podemos sobrevivir durante unas pocas horas.

En el momento en el que entraron en el albergue, Rebecca supo que había cometido un error. A pesar de que sonreía, el dolor que sentía era demasiado evidente. Dijo unas palabras amables cuando se le preguntó y respondió a los niños que se le acercaron para hacerle preguntas. Pero lo hizo con mucha cautela.

Rebecca quería ayudarlo, pero lo había llevado

allí con un propósito. Aquellos niños la necesitaban y se quedaría allí por ellos. Dio abrazos a todo el mundo y cuando llegó el momento de dar los regalos, se acercó de nuevo a Logan.

–De acuerdo –dijo él, al ver cómo ella lo miraba–. Haré el papel del benefactor rico, te ayudaré con esto. No es culpa de estos niños que yo no pueda soportar esta... cercanía y tampoco es culpa tuya. Sin embargo, después de esto, ya habré cumplido. El dinero no es suficiente. Nunca será suficiente y es todo lo que yo tengo para dar. ¿Me comprendes?

–Sí, Logan –respondió ella, muy triste.

Entendía que él no pudiera abrir su corazón porque, para muchos de aquellos niños no habría futuro. No se podría salvar a muchos de ellos y aquel hombre no podría soportar ver el sufrimiento en el rostro de un niño.

–No es suficiente, Rebecca –repitió él.

Sin embargo, sonrió a los niños que se le acercaron para recoger sus regalos. Aquellos niños habían aprendido mucho del mundo demasiado pronto. Logan hablaba con ellos con voz suave, comentando los méritos de los equipos de béisbol o bromeando sobre los héroes de las películas. Hablaba de cosas sin importancia, igual que los niños. Rebecca entendió el por qué. Aquellas bromas evitaban que todos pensaran en las partes más negras de sus vidas. Era una táctica de supervivencia y tanto Logan como los niños parecían conocer las reglas del juego demasiado bien.

Cuando se marcharon, Logan permaneció muchos minutos sentado en el coche en completo silencio.

Ella tampoco habló, pero, a cada segundo que pasaba, el corazón se le rompía un poco más por lo que él parecía estar sufriendo. Por fin, se atrevió a tocarle una mano. Él se apartó bruscamente.

–Lo siento –dijo ella–. No debería haberte traído aquí para practicar mi psicología de aficionada. No creo que haya entendido cómo te sentías hasta estos momentos. Probablemente, todavía no lo entiendo totalmente, pero sé lo suficiente como para darme cuenta de que me he equivocado.

–No cometas el error de apenarte por mí, Rebecca –respondió él, con la voz dura y airada–. Apénate por esos niños. Ellos son los que necesitan que te preocupes de ellos. Yo me escapé de ese mundo hace años y la vida que llevo ahora es estupenda, tal y como yo quiero. Lo de mi infancia es ya historia. Hace ya mucho tiempo de eso.

Sin embargo, a ella le parecía que nunca terminaría de desaparecer y que ella nunca podría hacer nada para cambiarlo. Esforzarse por hacerlo solo le ocasionaba dolor a aquel hombre bueno.

Decidió que no volvería a intentarlo. Lo que haría sería concretar sus planes para cuando se marchara del hotel. La vida tendría que seguir sin Logan. Muy pronto se separarían y a Rebecca le parecía que tendría que mantenerse muy ocupada si quería sobrevivir las primeras semanas sin él. Por mucho que no quisiera admitirlo, estaba empezando a comprender el dolor que su anterior marido habría sentido. Estaba empezando a encariñarse demasiado con un hombre que nunca sería capaz de corresponder a sus sentimientos. Sin ni siquiera intentarlo ni desearlo, Logan le estaba robando el corazón poco a poco. Y no había nada que ninguno de ellos pudiera hacer para detener aquel sentimiento.

El salón de baile estaba bellamente decorado, pero a Logan no le interesaba la decoración. Tampoco estaba prestando mucha atención a la obra de teatro que se estaba representando y que Rebecca había organizado. No era porque los actores no tuvieran talento sino simplemente porque no podía dejar de pensar en ella.

Sabía muy bien que Rebecca lo había llevado al albergue infantil porque quería salvarle de sí mismo, lo mismo que quería salvar a Jack y a cualquiera que se viera abocado a la destrucción.

No parecía entender que él ya se había salvado, que estaba feliz con su vida. Le encantaba viajar, sin echar raíces en ninguna parte, sin quedarse demasiado tiempo en ningún lugar ni con ninguna persona. Estaría encantado de regresar a su estilo de vida cuando hubiera podido convencer a Rebecca de todo aquello y pudiera retirarle la preocupación de los ojos.

Tenía que conseguir aquello de algún modo. No quería marcharse preocupándose de haber dejado tanta tristeza en los ojos de Rebecca. Sería un delito imperdonable.

Cuando se produjo un intermedio en la obra, sonrió a Rebecca.

–Una vez más, te has superado –susurró.

–No has escuchado ni una sola palabra de toda la obra –replicó ella. Logan sabía que tenía razón. Abrió la boca para disculparse, pero ella le impidió hablar, colocándole los dedos sobre los labios–. No importa. Estabas preocupado, igual que yo. ¿Cómo si no crees que he sabido que no estabas prestando atención? Yo también estaba pensando en otras cosas. Sí –continuó ella, sonriendo–. Creo que son buenas. Estoy seguro de que estarás de acuerdo cuando te las diga. Solo quería que supieras que he tenido buenas noticias hoy de la obra benéfica. Una es que, gracias a ti y a los otros benefactores, hemos tenido el verano más próspero de la historia. La otra es que el verano no se ha terminado. Había tantas personas queriendo ayudar que varias tuvieron que marcharse sin haber conseguido nadie que trabajara para ellos. Así que, para los que terminamos pronto, habrá otras tareas que cumplir durante el resto del verano.

–¿Estás hablando de ti?

–Sí, llamé a la profesora que está a cargo y me ha encontrado otro trabajo para cuando termine aquí, dentro de unos días.

«Otro trabajo, otro jefe... Tal vez otro hombre que le mire los labios y desee besarlos cada vez que lo haga... Otro hombre que quiera oír su risa cuando se despierte todas las mañanas... Otro hombre que quiera llevársela a la cama cada noche».

Sin embargo, a pesar de esos pensamientos, Logan consiguió esbozar una sonrisa.

–¿Sabes algo de ese nuevo trabajo al que vas a ir después?

–Un poco. Se trata de un hombre con dos hijos.

«Justo la clase de hombre que ella está buscando», pensó él. Un hombre de familia, un hombre que tenía los hijos que ella deseaba.

–Se los va a llevar de vacaciones a una cabaña en los bosques del norte de Wisconsin y necesita una niñera que los acompañe.

–Parece... interesante... misterioso –dijo él, sin dejar de sonreír.

Era muy conveniente para un hombre solo tener a Rebecca a su lado cuando estuvieran prácticamente aislados en una cabaña solitaria en los bosques. Logan sintió que la tensión se apoderaba de él. Sintió la necesidad de golpear la primera superficie dura que se encontrara con los puños.

–¿Has estado alguna vez en una cabaña? –preguntó él.

–¿Y tú?

–No –respondió él. Había estado en lugares mucho peores.

–Hace ya mucho tiempo, pero mis padres solían llevarme a una –respondió ella–. Y me imagino que podré aprender todo lo que se me haya olvidado, como hacer un fuego de campamento, pescar, hacer caramelos de merengue, nadar en el lago...

Tal vez también aprendería a amar a un viudo y él podría amarla a ella. Juntos, podrían criar a esos niños y tener más. Rebeca encontraría por fin su felicidad, tendría lo que tanto había deseado.

Logan debería alegrarse por ella. Tenía que alegrarse por ella. Ella lo miraba como a él más le gustaba, con ojos enormes y confiados, con labios suaves y dóciles.

En aquel momento, no le importó que toda la sala estuviera llena y que todos los huéspedes los estuvieran viendo. Se inclinó sobre ella y la besó, saboreándola por última vez. Tal vez no volvería a tener una oportunidad como aquella para estar cerca de ella.

–Que seas feliz, cielo –susurró él–. Me alegro de que hayas encontrado un trabajo que pueda hacerte feliz.

Y así era. Sin embargo, aquello no significaba que Logan no se estuviera muriendo por dentro.

Capítulo 10

LOS DEDOS de Rebecca parecían ramitas heladas cuando se abrochó la cremallera del vestido plateado. Aquel iba a ser el último gran acontecimiento de la inauguración del hotel.

El mundo parecía estar escapándosele entre los dedos. Solo unos pocos días antes, Emily y Simon se habían declarado su amor y, justo la mañana del día anterior, las dos amigas habían ayudado a Gideon a prepararlo todo para que le pudiera declarar su amor a Caroline. Sus amigas habían encontrado una felicidad que ninguna había pensado disfrutar y se alegraba mucho por ellas. Las dos eran como hermanas para Rebecca.

Sin embargo, su propio mundo parecía estar patas arriba. Iba a dejar el hotel dentro de un día. En cuanto los últimos huéspedes se marcharan, Logan y ella seguirían caminos separados. Tal vez volverían a verse alguna vez en los años venideros, pero aquella posibilidad era muy remota. Logan tenía hoteles por todo el mundo y siempre estaba abriendo otros nuevos. En el futuro, otras ayudantes estarían a su lado, otras mujeres sentirían lo mismo que ella cada vez que él las mirara a los ojos...

–Basta ya. No sigas pensando así –se suplicó.

¿Acaso no iba a comenzar un nuevo trabajo? Tal

vez se llevaría bien con su próximo jefe. Tal vez él buscara una nueva esposa para actuar de madre para sus hijos. Tal vez le esperaba un futuro que le ofreciera tranquilidad y felicidad.

Sin embargo, Logan no estaría allí. Nunca volvería a vivir aquellos días, nunca volvería a sentirse tan viva. Estaba segura de que aquel deseo urgente y desesperado solo se manifestaba una sola vez en la vida. En cierto modo, ella esperaba que así fuera. Ya lo estaba pasando demasiado mal, tanto que se sentía al borde de las lágrimas.

–Y eso no sería nada bueno –susurró ella–. Esta noche tengo que sonreír para él, estar allí para él. Esta noche es la noche que todos sus huéspedes recordarán más claramente. La última noche mágica.

Efectivamente, aquella sería la noche que marcaría la reputación del Oaks para el futuro. Tenía que ser especial, perfecta...

–Yo haré que sea perfecta para ti, Logan –prometió, besándose las yemas de los dedos para luego llevárselas a los labios–. Es un mi último regalo. Lo único que puedo hacer por ti.

Logan pensó que el cóctel estaba siendo muy agradable. Observaba a sus huéspedes, charlando unos con otros, agasajados por atentos camareros que les ofrecían la mejor cocina de Jarvis. El vino era delicioso y abundante y las suaves notas de Haendel flotaban en el aire.

No había razón alguna para que, aquella noche, se sintiera tan irritable. Incluso más que irritable.

Sin embargo, Logan sabía perfectamente lo que le pasaba. Aquella mujer tan encantadora, vestida de plata y diamantes, sonreía a todos los invitados. Relucía entre ellos. Su suave risa parecía llegar hasta él, estuviera donde estuviera. Era el centro de la fiesta. Se divertía ella y ayudaba también a que se divirtieran los demás.

¿Acaso no sabía que todos los hombres que había en aquella sala la miraban con ojos llenos de deseo? ¿Acaso no sabía que Logan era el que más la deseaba? ¿Acaso no se lamentaba de que al día siguiente fuera a hacer las maletas y salir de la vida de Logan para siempre? Iría a una cabaña en los bosques, con otro hombre, que le podría dar lo que ella más deseaba: hijos y amor.

–Ten cuidado, Brewster –musitó, mientras se acercaba a un grupo de empresarios para charlar con ellos.

Rebecca había hecho su trabajo y lo había hecho mejor de lo que él había imaginado. Había hecho todo lo que él la había pedido y más. No era culpa suya que él le hubiera abierto el corazón y hubiera empezado a pensar cosas que, simplemente, no eran posibles. Rebecca no le debía nada y, considerando que él no tenía nada que ofrecerle, a ella no le supondría ningún problema salir de su vida. Lo que tendría que estar haciendo, en vez de lamentarse, era disfrutar los últimos momentos que pasaría con ella. Se despidió de los empresarios y se acercó a ella.

–Jarvis se ha superado esta noche –dijo Rebecca.

–Tú sí que te has superado esta noche.

–Y tú también. Me vestiste como una princesa

–comentó ella, mirándose el vestido y los zapatos plateados.

–Ese vestido necesitaba la mujer adecuada para lucirse así. Angelique se hubiera enfadado mucho si hubiera tenido que vendérselo a otra persona.

–Eso te lo acabas de inventar –replicó ella, riendo.

–Me lo dijo personalmente. «Logan, querido, quiero que este vestido sea para Rebecca y no para otra mujer. Tienes que convencerla para que se ponga mi creación». –dijo él, imitando el acento de su amiga, y poniéndose la mano en el corazón tal y como ella lo hubiera hecho.

–Logan, habla en serio...

–Estoy hablando muy en serio, cielo –insistió él, tomándola de la mano–. Le caes muy bien a Angelique. Le has dado mucha alegría. Le has dado mucha alegría a mucha gente... Eso es muy importante. No te pienses nunca que estamos jugando a disfrazarte, cielo. Tienes un alma hermosa y eres una hermosa mujer. Y gracias... por compartir estas últimas semanas conmigo –añadió él, sintiendo que el alma se le partía en dos.

–Han sido unas semanas muy agradables, ¿verdad, Logan? –dijo ella, a pesar de que había tratado de que todo fuera sencillo, de no pensar que las manillas del reloj avanzaban inexorablemente y que muy pronto ya no estaría a su lado.

–Las mejores. Te confieso... te confieso que te voy a echar de menos, preciosa.

–Yo también –susurró ella, tratando de no reflejar la pena que sentía en la voz.

Rebecca haría mucho más que echarle de menos.

Lloraría su pérdida pero no iba a consentir que él lo supiera. Si así fuera, se sentiría responsable, se preocuparía por ella... Sin embargo, lo que ella quería de él era algo que Logan no podía darle, algo que ella no quería ni que él supiera... La había llamado Caperucita Roja y tenía razón al hacerlo. En aquellos momentos, Rebecca se sentía un poco perdida en los bosques. Ya estaba echando de menos a su lobo de ojos dorados.

Suavemente, él la tomó de la mano. Caminaron juntos, a través del vestíbulo, pasando por la piscina y el estudio de proyección para salir al jardín, oscuro y fragante, iluminado tan solo por la luz de la luna.

–¿Te marcharás mañana?

Ella asintió, temblando ligeramente al sentir que los dedos de Logan le acariciaban suavemente el brazo hasta encontrar la mano. Entonces, se la llevó a los labios y le besó la palma.

–Yo... sí. He pensado que era mejor despedirme de todos esta noche, dado que mañana estarán muy ocupados haciendo las maletas y recogiendo sus cosas.

–¿Cuándo te marchas a Wisconsin? –preguntó él, dándole la vuelta a la mano para volverla a besar, haciendo lo mismo con cada uno de los dedos.

La cabeza de Rebecca parecía darle vueltas por la cercanía de Logan, la calidez que desprendía, el tacto de sus labios... La sensación de saber que él se estaba despidiendo de ella le producía un dolor terrible. Justo allí, todo estaba acabando entre ellos.

–Me marcho dentro de dos días –susurró ella–. Y estaré fuera dos semanas.

–No conoces a ese hombre, ¿verdad?

–No, pero Deb le ha hecho muchas preguntas. Estaré bien, Logan –prometió ella.

Había estado a punto de llamarle cielo, tal y como él había hecho tantas veces con ella. Sin embargo, en su caso, formaba parte de su personalidad. Era una palabra que regalaba fácilmente, igual que aquellos besos, que entonces caían sobre la sensible piel de la muñeca. Ella habría dicho de todo corazón aquella palabra y él lo hubiera sabido.

–Ten cuidado, cielo... Estaré muy preocupado por ti.

Entonces, dejó de besarla y la estrechó entre sus brazos, cerca de su corazón. Y volvió a besarla. Rebecca se agarró a él rápidamente. Intentó memorizar todo su cuerpo, cada sensación que le producían sus caricias. Aquellos labios la consumían. Dando, buscando, pidiendo...

Rebecca le devolvió todos los besos. Era allí donde quería estar, a pesar de lo mucho que había luchado por no enamorarse de Logan. Y, sin embargo, no podía hacerlo. Si él la tocaba una vez más, no podría contenerse. Tendría que confesarle sus secretos y arruinaría aquel último momento con el último hombre de toda la Tierra al que querría herir.

–Es mejor que me vaya... –musitó ella, apartándose de él.

Logan la miró durante unos segundos. Durante un momento, Rebecca creyó que volvería a tomarla entre sus brazos, algo que ella deseaba desesperadamente.

Sin embargo, él separó los brazos y la soltó. Finalmente, tras suspirar profundamente, sonrió ligeramente.

–Vuela, Caperucita. Eres diferente a todas las mujeres que he conocido. Te recordaré en noches como esta. Ha sido... un verdadero placer conocerte. Me has dado más de lo que te imaginas.

Entonces, inclinó la cabeza a modo de despedida.

–Adiós, Logan –susurró ella.

Después de que Rebecca se retirara, Logan sintió una inquietud dentro de él, una necesidad creciente... Supo que aquella noche no podría dormir. Se quedó en el jardín durante unos minutos, anhelando... La necesidad que sentía por Rebeca era fiera, vibrante, un hambre que era tan real como el hambre física que hubiera sentido alguna vez.

El dolor era infinito. Nunca podría olvidarla en aquel lugar. Solo había un lugar al que podía ir, al lugar donde un hombre tenía que ingeniárselas para no perder todo lo que tenía. Necesitaba acción, movimiento, un lugar en el que todo se redujera a los denominadores más básicos. Se sentía como un animal que había perdido la única mujer que deseaba para sí. Sería una larga noche. Tal vez incluso anduviera muchos kilómetros...

–Nunca serán suficientes, Brewster –susurró él, sabiendo que era cierto.

Tal vez anduviera muchos kilómetros, tal vez se metiera en una pelea e hiciera lo posible por ahogar su dolor, pero, por la mañana, tendría que afrontar la realidad.

Rebecca se marchaba y él era el idiota que iba a dejar que lo hiciera. Posiblemente, sería la acción más generosa que haría en toda su vida.

Algún día, cuando se la encontrara por la calle, con sus hijos y su marido, vería una sonrisa en su rostro y tal vez se alegraría de todas las cosas que no le había dicho en aquel jardín. Pero en aquellos momentos...

–Es hora de volver a los orígenes, compañero.

No importaba que aquella fuera una ciudad y una época diferentes. En su lado pobre, todas las ciudades, sin importar el día ni la época, son las mismas. Desesperación y miedo. Ira y soledad. Aquella noche, él encajaría allí a la perfección.

Casi no había amanecido, pero Rebecca ya se había levantado y estaba preparada. Tal vez porque en realidad no había conseguido dormir en toda la noche.

Aquel era el día en que se marchaba y esperaba que la mayoría de los huéspedes se marcharían a las pocas horas. Deseaba entrar en la limusina que la llevaría muy lejos del Oaks y de Logan. Quería acabar con todo de una vez, sin pensar, sin darse tiempo para dudar o sentir.

Rebecca estaba haciendo todo lo que podía por parecer natural. No quería que las pocas personas que había en el vestíbulo se dieran cuenta de que su sonrisa era tan de plástico como su tarjeta de crédito. Se despidió de quien se encontró rápidamente, tratando de llegar a la puerta. Era su huida. El camino del olvido.

Dentro de unas pocas horas, todo se habría acabado. Casi había llegado a las puertas cuando una mujer las abrió de par en par y entró en el hotel.

Era una extraña. No era ninguna de las mujeres que se alojaban en el hotel pero, sin embargo, algo de ella le recordaba a alguien. Aquella melena castaña, los ojos azules, las largas piernas... Era elegancia pura vestida con ropas de diseño. Clase. Inteligencia y una bonita sonrisa. No era necesario cambiar o formar a aquella mujer. Cualquiera podía ver que era perfecta en todos los sentidos para un hombre como Logan.

–Hola, estoy buscando a Logan Brewster –dijo la mujer, extendiendo la mano–. ¿Se aloja usted aquí? ¿Sabe si está en el hotel?

Rebecca hizo una señal al recepcionista. Le pidió que llamara al busca a Logan a pesar de que era todavía muy temprano. En realidad, no quería llamarlo, pero era evidente que había pasado algo. Solo había que mirar a aquella mujer.

–Hola, me llamo Rebecca Linden y no, no soy una huésped del hotel. Soy una empleada. Usted debe de ser Allison Myer. Si no le importa esperar, haré que alguien vaya a llamar a Logan.

–Merece la pena esperar por Logan, ¿no le parece? Si no le importa, ¿podría hacer que alguien le diera un mensaje? Dígale que espero que me reciba y que lo siento –dijo la mujer, con una voz que podría haber cautivado a los dragones de dos cabezas. Al ver que Rebecca asentía, sonrió–. Estábamos a punto de prometernos cuando me marché. Todos decían que éramos la pareja perfecta.

Rebecca se sintió como si estuviera nadando en gelatina. Quería escaparse, pero no podía moverse.

–Y ahora, ha regresado.

–Sí –afirmó la mujer con una hermosa sonrisa–. He regresado.

Capítulo 11

APARENTEMENTE, no se podía localizar a Logan en el busca, así que a Rebecca no le quedó otra opción que invitar a Allison a pasar al comedor para tomar un café mientras esperaban.

La mujer automáticamente se quitó los zapatos y se recogió las piernas bajo el cuerpo. En otra persona, hubiera parecido poco elegante, pero en ella resultaba perfecto.

–Tú eras mi sustituta, ¿verdad? –afirmó Allison.

–Sí, se me contrató para ayudar a Logan en los preparativos para la inauguración.

La mujer sonrió como si tuviera un secreto que nadie más hubiera escuchado.

–Entonces, ya sabes cómo es. Ese hombre le quita a una mujer el aliento. Hace que quieras hacer cualquier cosa por agradarle.

Rebecca se limitó a mirar a Allison. No quería compartir confidencias sobre Logan con aquella mujer.

Lo que sentía por él era demasiado valioso, demasiado íntimo.

–No creerías que eras la única que ha tenido esos sentimientos por él, ¿verdad? –comentó Allison, riendo. Rebecca sabía que lo que decía era cierto.

¿Qué mujer hubiera sido tan ingenua?–. Bueno, a mí no me gustaba sentirme así. Logan y yo habíamos hablado de matrimonio y, bueno, los hombres siempre han caído rendidos a mis pies, siempre tratando de agradarme. Logan me consideraba una amiga, pero yo sabía que no era más para él, a pesar de que estaba pensando si quería casarse conmigo o no. Me gustaba ser la que llevaba las riendas y no era así. Con Logan nunca es así. Por eso me escapé.

La voz de Allison se había ido haciendo cada vez más sombría. A Rebecca le hubiera gustado poder odiar a aquella mujer por ser tan perfecta para Logan, pero le era imposible. Allison también sabía lo imposible que era amar a Logan.

–Deberías haberte quedado.

–Lo sé. No estuvo bien marcharme dejándolo tirado cuando sabía lo mucho que este hotel significaba para él. Y estuvo especialmente mal marcharme sin decirle la verdadera razón. Cuando Edwin me invitó a ir con él, sabiendo que se había quedado fascinado conmigo, me aferré a la oportunidad. Parecía un hombre tan fácil comparado con Logan... Por eso me marché, dejándole una nota en la que le decía que me marchaba con un hombre que tenía más dinero que él.

–Entonces, ¿por qué has regresado? –preguntó Rebecca, sintiéndose muy enfadada por la poca lealtad que Allison había mostrado hacia Logan, a pesar de que entendía cómo se había sentido.

–Para ser sincera con él como lo debería haber sido al principio. En estas últimas semanas se me ha ocurrido que uno de los mayores regalos que una persona puede dar es la honradez. Logan y yo estuvimos muy unidos. Necesito disculparme con él. Más que eso, necesito verlo.

Rebecca asintió, intentando hacer caso omiso del dolor que crecía dentro de ella. No quería estar allí cuando Logan y Allison se reconciliaran. Necesitaba marcharse.

Cediendo a los deseos de la recién llegada, Rebecca se marchó del comedor, pero se dio cuenta de que todavía no podía marcharse del hotel. Aquella mujer tenía razón.

Tras recorrer los pasillos del hotel, entró en la sala de proyecciones donde había tenido que confesar a Logan la verdad sobre sus lágrimas. Recordó cómo se habían reído. Aquel día, había sido sincera con él, aunque de un modo insignificante.

Como Allison, si se marchaba del hotel aquel día sin volver a hablar con él, estaría huyendo de la verdad, y ese era un camino que ya había recorrido antes. Su matrimonio con James, después de todo, había sido solo una huida de sus tíos. Nunca había explicado sus sentimientos a sus tíos. Siempre había dado por sentado que sabían lo que sentía, pero tal vez no había sido así. Se había marchado sin darse, ni darles a ellos, la oportunidad de airear sus sentimientos.

¿Acaso no era aquello lo que estaba a punto de hacer con Logan?

–Él merece cualquier riesgo. Me aseguraré de que comprende que estaré bien aunque él no sienta lo mismo.

Sin embargo, nunca volvería a estar bien durante mucho tiempo. Algún día, sería una persona mejor, más feliz, solo porque había compartido con Logan

Brewster aquellas pocas semanas. Y aquello era algo que él debería saber.

La luz estaba empezando a filtrarse por las calles del lado este de Eldora. Las piernas de Logan estaban por fin empezando a cansarse. Llevaba horas andando, intentando sacarse a Rebecca del pensamiento.

Tenía que hacerlo. Ella era una mujer cálida y afectuosa. Una mujer hogareña, que quería un marido, hijos y un final feliz. ¿Cómo iba a ser él el hombre adecuado para una mujer como ella? Era imposible. Lo sabía solo con contemplar aquella parte de la ciudad, la pobreza, la ira, las heridas tan profundas que nada podría nunca cerrarlas. Él había salido de un lugar como aquel y vivir de aquel modo hacía que una persona fuera fría, dura. Un hombre que sobrevivía a aquello lo hacía aprendiendo a no sentir, a no encariñarse... A no amar.

Había aprendido muy bien la lección, Demasiado bien y aquella era la razón de que no pudiera tener a la mujer que tanto deseaba. Ella se merecía todo lo bueno que pudiera desear, todo lo bueno de la vida... Hijos, el amante padre de aquellos hijos... Un hombre que se sintiera libre para abrir su corazón sin importarle los riesgos de dar cariño.

–Tú la estarías engañando, Brewster, la estarías privando de todo lo que más necesita.

Sin embargo, mientras seguía vagabundeando por las calles, con las primeras luces del amanecer, no pudo evitar aferrarse al recuerdo de Rebecca un poco más.

–¿Qué te parece que ella pensaría de esta parte de la ciudad, Brewster? –se preguntó en voz alta, cínicamente.

Había dicho aquellas palabras como si ella nunca hubiera estado allí, pero sabía que no era cierto. El albergue infantil estaba allí e iba allí a menudo. Conocía aquel mundo tanto como podía hacerlo alguien que no viviera allí.

–¿Y qué le parece todo esto a ella? –musitó, mirando a su alrededor, intentando ver aquel mundo a través de los ojos de Rebecca.

Al principio, su mente se negó a funcionar. Simplemente vio lo que había visto siempre. Suciedad, pobreza, edificios desconchados... Todo lo que le había hecho huir de un lugar como aquel e intentar tener éxito a cualquier precio. No regresar nunca ni abrir los ojos a cosas que pudieran volver a hacerle daño, como las falsas esperanzas, los sueños imposibles... o el amor.

El dolor casi fue demasiado para él, ser tan carente emocionalmente que ni siquiera podía ver lo que Rebecca veía en aquel mundo cuando paseaba por él.

Sin embargo, cerró los ojos y, durante unos segundos, se concentró con todas sus fuerzas. Quería tenerla una vez más del único modo que le era posible. Se esforzó un poco más.

Cuando abrió los ojos, vio... otras cosas. Una joven pareja paseando de la mano calle abajo, sonriendo a pesar de lo que les rodeaba, deteniéndose para abrazarse, intercambiando un beso y prosiguiendo su camino, de nuevo de la mano. Como si fueran realmente felices, como si los sueños pudieran hacerse realidad en un lugar como aquel.

Al mirar de nuevo, vio a unos padres empujando una sillita algo torcida en la que llevaban a su hijo. El marido hizo un gesto para mostrarle a la mujer algo que hacía el niño y juntos miraban al bebé. Con el corazón saliéndosele por los ojos, el hombre, vestido con ropas algo raídas, tomaba en brazos a su hijo y lo acurrucaba entre sus brazos para besarle la frente. Sonreía a la mujer, que se inclinó y besó tanto al marido como al bebé.

De repente, la pintura de los edificios pareció más blanca, más limpia.

–O al menos, eso es lo que Rebecca pensaría –murmuró.

Al volver a mirar a la pareja, se preguntó si había parejas como aquella en el barrio en el que él creció. Tal vez las había habido. Tal vez nunca había sido capaz de verlas. Tal vez sus heridas habían sido tan profundas que nunca había podido ni querido ver la felicidad y la esperanza de otros.

–No te engañes, Brewster. Este lugar necesita mucho trabajo y más que esperanza –susurró–. Aquí viven almas perdidas.

–¿Está hablando solo, señor? No parece un hombre que debiera estar hablando solo.

Aquella vocecita surgió detrás de él. Logan se volvió y miró al muchacho que, con una amplia sonrisa, sacudía la cabeza.

–Solo estaba pensando en voz alta –respondió Logan, encogiéndose de hombros–. ¿Sabes dónde está el albergue infantil?

–Claro –replicó el niño, con cautela–. Allí me dieron esta pelota de béisbol y esta camiseta. ¿Qué pasa?

–¿Conoces a las mujeres que trabajan allí?

–¿Tiene algún problema con ellas? Porque si es así, también tiene un problema conmigo, señor. Aquellas mujeres son mis ángeles. No permitimos que nadie les haga daño, ni siquiera un tipo rico como usted.

–En eso estamos de acuerdo. Yo también las aprecio mucho. Solo me estaba preguntando si te parecía que el albergue te había ayudado en algún modo.

–Me dieron una pelota de béisbol, ¿no? Y una camiseta. Esos ángeles son buenos para nosotros –replicó el niño, indignado–. No estoy tan seguro de que usted conozca a nuestros ángeles porque si no, no me estaría haciendo esas preguntas tan tontas.

Aquellas palabras revelaron a Logan que el niño había recibido mucho más que una pelota y una camiseta. Era la lealtad que no viene de la caridad, ni de los fondos ni los regalos. Aquel chico se había encontrado cara a cara con algo más fuerte que todo aquello. Le habían dado dignidad y cariño junto a aquellos regalos y se notaba.

Logan miró al chico y asintió.

–Cuida de esos ángeles, muchacho. Son muy especiales.

El niño sonrió. Logan se despidió de él. Cuando bajó por la calle, se dio cuenta de que había estado mirando el mundo a través de los ojos de Rebecca. La suciedad seguía allí, en algún lugar cercano había miedo y pobreza... Él había sido uno de los afortunados en poder escapar pero, ¿y si tuviera que volver a vivir en un lugar como aquel? ¿Y si aquel lugar fuera todavía su casa?

La respuesta le llegó con facilidad. Querría tener a su lado a alguien que le mostrara los pocos aspectos positivos de aquello, alguien que le diera esperanza, cariño y afecto... Solo había una mujer así y la necesitaba desesperadamente en aquellos momentos.

Sin embargo, no podía marcharse tal cual, simplemente cuando había encontrado lo que había ido a buscar. Rebecca no se marcharía sin hacer algo más. Por eso, decidió buscar en las calles al que pareciera tener menos esperanza. Y lo encontró en una mujer con un niño que lloraba sin parar, una mujer que parecía mucho mayor de lo que probablemente era.

Con mucho cuidado, se acercó a ella y sonrió, mirando la carita del bebé. Entonces, le metió un billete en el bolsillo.

–Por favor, no se asuste, no es nada –dijo, al ver que la mujer trataba de huir–. Siento haberla asustado. Por favor, acepte el dinero para su hijo, aunque no es suficiente... Nunca es suficiente.

Efectivamente, así era, pero por el momento, lo único que podía dar era dinero.

Siguió andando, sonriendo a cada niño que se encontraba, saludando a los adultos, incluso a los que se ponían nerviosos y salían corriendo. Y se hizo una promesa.

–Ofreceré un poco de esperanza. Lo que pueda dar.

Mientras regresaba al hotel y a la mujer que probablemente ya estaba a punto de salir de su vida, necesitó también un poco de esperanza para sí mismo. Se preguntó cómo iba a darle la noticia, cómo iba a decirle que su lobo la quería de un modo abrumador y para siempre.

Rebecca andaba de acá para allá, retorciéndose los dedos, cuando se enteró de que Logan había regresado al hotel.

Se dirigió al vestíbulo, decidida a encontrar un lugar privado y decirle el discurso que había memorizado, las palabras que le abrirían el corazón y que probablemente ganarían solo la piedad de él.

Cuando llegó allí, vio a Allison entrelazando el brazo con el de Logan, llevándoselo por un pasillo.

Por supuesto. Allison y él habían estado a punto de casarse, como la mujer le había dicho. Ella tenía derecho a hablar con él en primer lugar e intentar recuperarlo.

Durante un momento, Rebecca sintió que le abandonaban las fuerzas. Tal vez no debería decirle nada. Tal vez con su confesión no conseguiría que él se sintiera orgulloso por haberla hecho feliz, sino triste porque ella lo amara y él no pudiera corresponderla. Tal vez lo mejor que podía hacer era marcharse inmediatamente.

Sacudió la cabeza y se sentó en el despacho de Logan y esperó durante lo que le pareció una eternidad.

Cuando por fin se abrió la puerta, se dio cuenta de que solo había estado allí diez minutos.

Logan estaba sonriendo, como si acabara de recibir el mejor regalo del mundo.

–Yo... viste a Allison –dijo ella, en un hilo de voz.

–Sí. Me sorprendió volver a verla.

Al ver la transformación que se había producido en él, decidió que lo mejor era decir lo que tenía que decir y marcharse. Aquellos hermosos ojos dorados la estaban matando.

–Yo... quería haberme ido ya... Sé que nuestro contrato ya ha terminado, pero... –empezó ella, con la cabeza baja.

Entonces, levantó la cabeza. Aquellos ojos la miraban como si ella fuera la única persona que importaba. Se preguntó cuántas mujeres se habían sentido de aquella manera.

–Quiero darte las gracias –añadió, con la voz temblorosa–. Sé que ya nos hemos despedido, pero... nunca te dije... quiero decirte lo especial que estas semanas han sido para mí. Tengo una buena vida, relativamente feliz y, sin embargo, mientras estuve aquí, sentí cosas que no había sentido antes. Por ti. Solo quería que supieras... lo maravilloso que eres.

Logan dio un paso hacia ella. Ella se echó hacia atrás y extendió la mano.

–No es porque quiera algo de ti, ¿me entiendes? –prosiguió–. Solo quería... es que... creo que una persona debería saber si ha cambiado la vida de otros. Si importa. Solo quería que lo supieras antes de marcharme.

Quería decir más, pero se le hizo un nudo en la garganta. La figura de Logan se estaba haciendo borrosa. Sabía que ella se marcharía y él volvería a empezar la vida con la mujer que quería casarse.

Rebecca se levantó y se dispuso a marcharse. Sin embargo, notó que algo, una mano que le sujetaba el brazo, le impedía que se marchara.

–No puedes irte. Todavía no, Rebecca. Es que tu contrato no acaba hasta medianoche, cielo. Si no me crees, sácalo. Lo repasaremos juntos.

–Tengo que marcharme. Quiero irme, por favor...

–Rebecca, cielo –susurró él también, con voz temblorosa–. Estaría dispuesto a romper ese contrato, pero si lo hiciéramos, tendría que redactar uno nuevo, diferente... Eso, si tú quieres.

Logan la había tomado entre sus brazos. Ella sintió lo mucho que él temblaba.

–¿Logan?

–Espera un momento, cielo –musitó él, dejándola para tomar un trozo de papel y garabatear algo en él–. Tengo tan poca experiencia en esta clase de cosas... Espera un momento. Te prometo que no te haré daño.

A toda velocidad, escribió unas pocas frases y luego le dio el papel a Rebecca.

Ella lo miró y leyó las palabras que había escrito, cerrando luego los ojos. Logan había escrito un nuevo contrato. Y los términos eran muy sencillos. Rebecca abrió los ojos, y releyó de nuevo aquellas palabras:

Yo, Logan Brewster, prometo solemnemente amarte a ti, Rebecca Linden, para siempre. A cambio, tú, Rebecca Linden, accedes a amarme a tu manera durante todo el tiempo que puedas. Los dos prometemos tratar de que el mundo se convierta en un lugar mejor para los niños, los nuestros, todos los que podamos.

Había firmado con su nombre. Rebeca levantó la vista y lo miró a los ojos, tratando de entender.

–Pensaba que Allison y tú...

–No estamos hechos el uno para el otro. No vino aquí para arreglar las cosas conmigo, cielo. Vino a disculparse y para asegurar a Edwin, el hombre del que realmente está enamorada, que ella y yo habíamos limado nuestras diferencias y que los dos seguíamos con nuestras vidas. De hecho, hemos terminado y no sentimos nada el uno por el otro.

–Pero tú querías casarte con ella.

–Estaba considerando una relación más bien comercial que hubiera resultado en un matrimonio por conveniencia. Si tú me aceptas, no será eso lo que haya entre nosotros.

–¿Es que no soy conveniente?

–Efectivamente resultas muy inconveniente dado que pienso en ti cuando se supone que tengo que estar trabajando, o comiendo o durmiendo. Y eres maravillosa, ángel mío. Eres la primera mujer que me ha hecho desear dejar de andar de acá para allá.

–Yo no querría que cambiaras tu estilo de vida por mí, Logan...

–Mi estilo de vida y mi posición pueden resultar muy útiles para ayudar a otros, cielo. Pero sin ti, me quedo hundido en la miseria. El dinero puede hacer milagros, es cierto, pero el amor es lo que importa más en la vida. Entiendo que no quieras a alguien que te pida un amor abrumador y eterno. Yo estoy dispuesto a aceptar lo que quieras darme.

–¿Y si te dijera que te amo desesperadamente? –preguntó ella, sonriendo y jugueteando con los botones de la camisa que él llevaba puesta.

–Por favor, no digas eso si de verdad no lo sientes, Rebecca.

–Nunca pensé que podría amarte de este modo, Logan –dijo ella, agarrándole de la camisa y apretándose contra él–. Estoy deseando darte todo mi amor.

Logan la besó, tierna, suavemente. Sin embargo, ella pudo sentir el deseo ardiendo bajo la superficie.

–¿Te casarás conmigo? –preguntó él, con la voz llena de sentimiento.

–Sí, claro que sí. Si tú estás seguro de que quieres casarte conmigo. Sé que no soy el tipo de mujer con la que siempre habías querido unirte.

–Tú eres lo único que deseo, amor mío. Todo el día. Te quiero desde las primeras luces del amanecer entre mis brazos hasta las últimas horas de la noche. Quiero que ocupes mi vida y mi corazón para siempre.

–¿Está eso en el contrato, Logan?

–Claro que sí, mi Caperucita –dijo él, besándola suavemente–. Esto es un negocio, puro y simple –añadió, besándola de nuevo.

–¿Y esto también es un negocio? –murmuró ella contra sus labios.

Logan se apartó un poco y levantó una ceja.

–De la mejor clase. De ahora en adelante, mi negocio se limita a amarte. Con dedicación exclusiva.

Entonces, la tomó entre sus brazos y la reclamó como suya.

Epílogo

MIENTRAS miraba a su marido, esperando que la fiesta comenzara, Rebecca pensó que resultaba difícil creer que hubiera pasado más de un año. Emily había abierto por fin su colegio para madres solteras y estaban a punto de celebrar su primera fiesta de Navidad. Todos estaban allí. Emily y Simon, por supuesto, habían llevado a su hijo. Gideon y Caroline estaban con los gemelos. Todos parecían especialmente contentos de estar allí, pero al único al que Rebecca veía era a Logan. De pie, con su hija Essie, de dos años, a la que habían conseguido adoptar solo dos semanas antes, estaba más guapo de lo que nunca lo había visto. Tenía en brazos a su hija y susurraba con ella constantemente, sin dejar de sonreír.

Rebecca se pasó la mano por el todavía liso vientre. Otro hijo estaba en camino. Logan estaba eufórico. Tenía tanta suerte de haber encontrado a aquel hombre...

–¿Te encuentras bien? –preguntó él, algo preocupado, al ver que tenía la mano sobre el abdomen.

–Solo estaba pensando lo afortunada que soy, Logan. Ha venido mucha gente, ¿verdad?

–Sí, probablemente porque Caroline hizo un estupendo trabajo con la publicidad de este evento dentro de la comunidad de empresarios. Todo el mundo quería ayudar y acudir en esta primera Navidad. Me alegro de que todo haya salido tan bien.

–Como si no supieras que iba a ser así. Has estado dedicando tanta energía a este proyecto que es un milagro que tu próximo hotel vaya a abrir a tiempo. Aunque no me sorprende. Siempre contratas a personas que saben cómo hacer las cosas.

–¿Verdad que sí?

–Calla, no me refería a mí. Quería decir... Bueno, ya sabes lo que quería decir. Me alegro de que Edwin y tú contratarais a Allison como directora. No me puedo creer que los dos os asociarais en este nuevo hotel. Lo hiciste por ella, ¿verdad?, porque lo adora pero todavía siente lealtad por los viejos amigos.

–Aprecio bastante a Edwin, aunque los dos seamos normalmente rivales. Es bueno para Allison. Además, si no me la hubiera robado, yo nunca te habría conocido, cielo. Espero que Allison y él vivan muchos años juntos y hagan muchos niños.

–¿Como nosotros?

–Nadie es como nosotros. Ningún otro hombre te tiene en su cama cada noche y en sus sueños todos los días. ¿Qué diablos hice para merecerme a una mujer como tú, Rebecca? –susurró él, estrechándola contra él.

–Fuiste a una subasta a buscar una empleada –dijo ella, mirando aquellos ojos dorados que tanto adoraba.

–Y, en vez de eso, encontré el amor.

–Encontramos el amor, Logan.

–¿Qué más hubiera yo podido desear? –preguntó él, acariciándole el vientre.

–¿Y si vienen más?

–Entonces, seré el hombre más feliz de la Tierra.

–Pensé que ya lo eras –bromeó ella.

–Y lo soy. El más feliz.

–Casado con la mujer más afortunada del mundo.

–Una vez tuviste miedo de que fuera a cambiarte para convertirte en la mujer perfecta, pero eres, y siempre fuiste, perfecta para mí. Siempre sabes decir las palabras justas para que me muera de deseo por ti.

–Y sé también lo que hay que hacer –susurró ella, poniéndose de puntillas para darle un beso, acariciando suavemente a su hija.

–Efectivamente, mi amor. Claro que lo sabes.

Logan la estrechó aún más contra sí, besándola de un modo que ella se deshizo entre sus brazos, mientras los otros invitados los miraban con aprobación.

–¿Te he dicho alguna vez que tengo debilidad por los lobos de ojos dorados? –musitó ella, sonriendo.

–Dímelo, amor mío –murmuró él, contra sus labios, sonriendo también cuando Rebecca se inclinó sobre él y le dijo lo que él deseaba.

Aquella noche, sobre la cama iluminada por la luz de la luna, Logan la tomó entre sus brazos, cubrió los labios de Rebecca con los suyos y le dio las gracias solo como su lobo, su corazón y su amor podrían hacerlo.